Romance en las montañas

J

Gina Wilkins

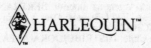

HARLEQUIN™

Editado por HARLEQUIN IBÉRICA, S.A.
Núñez de Balboa, 56
28001 Madrid

© 2009 Gina Wilkins. Todos los derechos reservados.
ROMANCE EN LAS MONTAÑAS, N.º 1807 - 17.6.09
Título original: The Texan's Tennessee Romance
Publicada originalmente por Silhouette® Books

I.S.B.N.: 978-84-671-7279-9
Depósito legal: B-17375-2009
Editor responsable: Luis Pugni
Preimpresión y fotomecánica: M.T. Color & Diseño, S.L.
C/. Colquide, 6 portal 2 - 3º H. 28230 Las Rozas (Madrid)
Impresión y encuadernación: LITOGRAFÍA ROSÉS, S.A.
C/. Energía, 11. 08850 Gavá (Barcelona)
Fecha impresión Argentina: 14.12.09
Distribuidor exclusivo para España: LOGISTA
Distribuidor para México: CODIPLYRSA
Distribuidores para Argentina: interior, BERTRAN, S.A.C. Vélez
Sársfield 1950 Cap. Fed./ Buenos Aires y Gran Buenos Aires,
VACCARO SÁNCHEZ y Cía, S.A.
Distribuidor para Chile: DISTRIBUIDORA ALFA, S.A.

Capítulo 1

PROBABLEMENTE era el peor encargado de mantenimiento que Natalie Lofton había visto en su vida. Guapo, sí, pero un incompetente. Mientras lo observaba manipular torpemente una tubería que goteaba bajo el fregadero de su cocina, Natalie se preguntó de dónde habrían sacado sus tíos a aquel tipo de veintitantos que se había presentado únicamente como Casey. ¿Qué les habría hecho pensar que aquel hombre estaba capacitado para ocuparse del mantenimiento del complejo turístico de bungalows del que eran copropietarios en las montañas Smoky, a las afueras de Gatlinburg, en Tennessee?

—¿Puede ayudarte con algo? —preguntó ella la tercera vez que oyó un golpe seco seguido de una maldición.

Su voz desde la puerta debió sorprenderlo, porque

lo vio dar un respingo, darse otro doloroso golpe bajo el fregadero y soltar un taco a medias mascullado entre dientes.

El hombre salió frotándose la cabeza con el ceño fruncido, y Natalie no pudo evitar reparar una vez más en lo guapo que era. Tenía el pelo castaño claro, apenas un tono más oscuro que rubio, y los ojos, con un brillo casi cristalino, cambiaban entre tonos de azul y verde.

—¿Me has dicho algo? —preguntó.

Natalie se acercó a él, inclinándose para ver lo que estaba haciendo.

—Te he preguntado si puedo ayudarte en algo.

—Gracias, pero ya casi está.

—Oh —dijo ella, sin ocultar del todo su escepticismo.

Él se agachó de nuevo bajo el fregadero, y se volvió para tenderse de espaldas. A Natalie no se le pasó por alto que tenía un aspecto tan excelente de cintura para abajo como de cintura para arriba. Piernas largas, vientre plano, buen...

—¿Me das esa llave inglesa, por favor? La grande.

Natalie sacó la llave más grande de la caja de herramientas y se agachó para dársela.

—¿Ésta?

—Sí, gracias.

Lo observó mientras él ajustaba la llave al diámetro de la tubería.

—Hmm, ¿no crees que deberías...?

—¿Qué? —preguntó él subiendo el volumen de voz. Desde donde estaba apenas la oía.

A la vez que hablaba, giró con fuerza la llave, y en

ese momento de la tubería salió un potente chorro de agua fría directo a la cara de Natalie. Sorprendida, Natalie se echó hacia atrás y oyó a Casey mascullar una maldición bajo una auténtica cascada de agua. Él se apartó a un lado mientras trataba frenéticamente de contener el chorro cerrando la válvula del agua. En unos segundos consiguió reducirlo a un goteo.

—¿… cortar primero el agua? —terminó ella la sugerencia con irritación.

—Lo siento muchísimo —dijo él saliendo de debajo del fregadero, mucho más mojado que Natalie, con el polo azul pegado a los bien definidos músculos del pecho.

Al verlo, Natalie se dio cuenta de que...

Bajó la cabeza y vio que ella tenía la camiseta de algodón amarilla totalmente empapada y pegada al cuerpo, así como el fino sujetador que se había puesto aquella mañana. ¡Se le transparentaba todo! Sujetando la camiseta por delante, tiró de la tela para separarla del cuerpo y no sentirse tan desnuda.

—Voy a por toallas —dijo precipitadamente.

Casey, que también se había dado cuenta, levantó los ojos hasta su cara.

—Oh, sí, gracias. Lo siento muchísimo.

Natalie asintió con la cabeza y salió de la cocina, en dirección al único dormitorio del bungalow. Antes de llevarle ninguna toalla tenía que cambiarse.

Viendo su reflejo en el espejo del vestidor, gruñó para sus adentros. Las puntas de su elegante melena rubia, cortada por encima de los hombros, goteaban sobre la camiseta empapada, y totalmente transparente sobre un sujetador igual de transparente.

Rápidamente se lo cambió por un sujetador más grueso y se puso una camiseta azul oscuro de cuello de pico. Los vaqueros no estaban muy mojados, así que se limitó a cepillarse el pelo húmedo y, con un cargamento de toallas en los brazos, volvió a la cocina.

«Bien hecho, Casey. Has empapado a una de las inquilinas. La sobrina del dueño, para más inri. Menudo currito estás hecho».

Claro que ése era el problema. Que él no era ningún currito. Tan sólo un hombre de veintiséis años en plena crisis de identidad.

—Toma —dijo ella apareciendo por la puerta y lanzándole una toalla—. Sécate mientras empiezo con el suelo.

Con la toalla, Casey se frotó el pelo empapado. Mientras lo hacía, observó a Natalie, que se arrodilló a recoger el agua sobre el suelo de tarima de roble. Se dio cuenta de que se había cambiado de ropa. Ya no llevaba la camiseta amarilla y húmeda, sensualmente pegada a las suaves curvas de los senos.

—Tendré que poner una tubería nueva, y cambiar el suelo del armario —dijo él—. La gotera que encontraste lo ha estropeado prácticamente por completo.

—El chorro que has soltado tú tampoco ha servido de mucha ayuda —murmuró ella, recogiendo las toallas húmedas para llevarlas al pequeño cuarto de la lavadora que había junto a la cocina.

«Te lo tienes merecido», se dijo Casey, pero aún con todo el comentario lo irritó. Sobre todo porque si había roto la maldita tubería había sido porque ella le había distraído, hablándole mientras él intentaba trabajar.

Como si le hubiera leído el pensamiento, ella hizo una mueca.

—Perdona —dijo apartándose un mechón húmedo de la cara—. Sé que ha sido un accidente.

—Sí, pero tienes razón. No he ayudado mucho —reconoció él, ablandado por la disculpa, por muy a regañadientes que la hubiera dado.

—¿Cuánto hace que trabajas para mi tío Mack? —preguntó ella mirando la caja de herramientas a sus pies.

—Poco más de una semana.

—Oh. ¿Y cuánto hace que trabajas en mantenimiento?

—Poco más de una semana —respondió él con un encogimiento de hombros.

—Oh.

Parecía como si quisiera seguir con el interrogatorio pero, bien por educación, bien por falta de interés, ella no siguió preguntando. Algo que a él lo alivió.

También había algunas cosas que le gustaría saber sobre ella. Aunque aquel no era el momento. Se agachó para recoger sus herramientas.

—Tengo que ir a buscar una tubería nueva para cambiar la que he roto. Quizá necesite ayuda para cambiarla. Me temo que tendrás que estar unas horas sin agua en la cocina, pero tienes en el baño.

Ella asintió.

—Mi tía Jewel me dijo que estaban arreglando este bungalow. Por eso me dejó quedarme mientras...

por ahora —se corrigió rápidamente—. Puedo pasar sin el fregadero.

—Bien, bueno, entonces hasta luego —dijo él yendo hacia la puerta—. Y perdona otra vez— repitió señalando la cabeza y la melena todavía húmedas.

Después salió del bungalow antes de ponerse más en ridículo.

Lo que no sería demasiado difícil, pensó subiéndose en el todoterreno negro aparcado en el sendero. Ya había hecho bastante el ridículo con sus dotes de encargado de mantenimiento.

Dado que era la primera semana de noviembre, los colores del otoño habían empezado a desvanecerse, y las hojas estaban cayendo de los árboles. Todavía no hacía frío, pero en el aire se notaba que no tardaría en llegar. Conduciendo montaña abajo por la serpenteante carretera que seguía el curso de uno de los muchos arroyos de la zona, Casey se preguntó qué habría dicho Natalie si le hubiera contado la verdad sobre sí mismo.

Llevaba una semana haciendo algún que otro trabajo de mantenimiento en el complejo turístico, pero en realidad era socio de uno de los bufetes más importantes de Dallas. Uno de los socios más jóvenes de la empresa, en la que había entrado a los veinticuatro años nada más licenciarse en la Facultad de Derecho.

Las seis semanas de excedencia que se había tomado hacía dos semanas no habían servido precisamente para cimentar su futuro con el bufete. Nadie, excepto su prima Molly Reeves entendía la necesidad que tenía de replantearse su vida y un futuro que estaba marcado prácticamente desde su nacimiento. Molly y su marido, Kyle, socios del complejo turístico propiedad de Mack y Jewel McDooley, le habían ofrecido un lugar para retirarse y para poder reflexionar sobre su futuro.

En pago por su hospitalidad, Casey se había ofrecido a hacer las labores de mantenimiento del encargado habitual, que había tenido un accidente de tráfico y estaría de baja al menos durante otro mes. A pesar del escepticismo de Molly, Casey logró convencerles de que era capaz de ocuparse de algunas labores sencillas de mantenimiento.

Y ahora había metido la pata por primera vez delante de la sobrina del dueño, pensó con el ceño fruncido. Una mujer muy guapa, por cierto.

No sabía qué había esperado cuando Mack mencionó que la sobrina de su esposa estaba pasando unas semanas en uno de los bungalows, pero la mujer que acababa de conocer resultó toda una sorpresa. Alta y elegante, rubia y con ojos color chocolate, debía de tener un par de años más que él. Y había logrado mantener la compostura cuando él la había duchado con un inesperado chorro de agua fría. Todavía la veía de pie en la cocina, goteando y con la blusa pegada al cuerpo como una segunda piel.

Sacudió impaciente la cabeza, y se preguntó qué haría allí. Lo único que le habían dicho era que estaba tomándose un descanso entre trabajo y trabajo, aunque no sabía a qué se dedicaba ni qué esperaba encontrar en aquel remoto lugar de las montañas de Tennessee.

No conocía a Natalie Lofton ni los detalles de su situación, pero a pesar de su porte tranquilo y sereno, no había logrado ocultar por completo la tormenta que se adivinaba bajo los ojos castaños.

Ése era uno de los talentos de Casey, detectar las emociones ajenas, por mucho que los demás intentaran ocultarlas. Un talento que le había ayudado muchas veces en su profesión de abogado, y que nunca había dudado en explotar.

Casey regresó después de comer. Natalie le franqueó el paso, viendo que esta vez venía acompañado.

—Hola, Kyle —saludó Natalie al segundo hombre.

Kyle Reeves era un ex soldado del ejército estadounidense que tenía treinta y tantos años. Era socio de la empresa desde hacía cinco años. El difunto hijo de los McDooley, Tommy, el primo favorito de Natalie en su infancia, había sido el mejor amigo de Kyle, y juntos habían servido varios años en el ejército, hasta que una bomba en una carretera de Oriente Próximo terminó con la vida de Tommy y casi con la de Kyle.

Éste tardó mucho tiempo en recuperarse, tanto física como emocionalmente. Todavía caminaba con una ligera cojera y tenía algunas cicatrices visibles, que le daban un aspecto todavía más duro.

Kyle no tenía familia y Mack y Jewel lo habían aceptado como si fuera su hijo. En él habían encontrado una razón para superar su dolor y concentrarse en alguien que los necesitaba.

Kyle le devolvió el saludo con un movimiento de cabeza.

—¿Qué tal, Natalie? ¿Estás cómoda aquí? —le preguntó.

—Ya lo creo, gracias. Es un bungalow precioso.

—Lo será cuando terminemos la reforma —dijo él y miró a Casey con una media sonrisa—. Y si puedo evitar que mi primo político lo inunde todo.

—¿Primo político? —repitió Natalie sorprendida, mirando a Casey—. ¿Eres primo de Molly?

Casey asintió.

—Por parte de mi padre. Mi apellido es Walker, que era el apellido de soltera de Molly.

Oh, eso lo explicaba todo, pensó Natalie. Ahora sabía por qué le habían dado el trabajo.

Casey sonrió como si le hubiera leído el pensamiento.

—Viva el nepotismo, ¿eh? —comentó él.

Al menos, el hombre era capaz de reconocer que no le habían contratado por su habilidad y experiencia en mantenimiento.

—Molly dice que vengas algún día a cenar con nosotros —dijo Kyle a Natalie—. ¿Te viene bien el viernes?

Aunque todavía no se encontraba con muchas ganas de hacer vida social, Natalie no quería parecer una desagradecida y decidió aceptar, un poco a su pesar.

—Sí, perfecto —respondió con una sonrisa—. Iré encantada. Dale las gracias a Molly de mi parte.

Kyle asintió una vez más.

—Para ella será un placer. Desde que nació Micah apenas hemos hecho vida social. Se pasa casi todo el tiempo con los niños y con Jewel, pero le encanta hablar con alguien nuevo.

Natalie, que había estado muy ocupada con su carrera en los últimos años, apenas había ido a visitar a sus tíos. Sólo había visto a Molly dos o tres veces, pero la joven pelirroja le caía bien. La madre de los pequeños Olivia, de tres años, y Micah, de dos meses, tenía una sonrisa contagiosa y un agradable acento texano.

Dejando a los hombres trabajar en la cocina, Natalie volvió al dormitorio que estaba utilizando desde hacía cuatro días. En el bungalow también había un sofá-cama en el salón y dos cuartos de baño, uno pequeño con una ducha junto al salón, y el cuarto de baño principal con bañera. Lo que no tenía era espejo, aunque le habían asegurado que lo instalarían en cuestión de días. Entretanto, para maquillarse y peinarse utilizaba el espejo que había en el tocador del dormitorio.

Como el resto del bungalow, la decoración era de estilo rústico, con una enorme cama de hierro forjado cubierta por un edredón hecho a mano y dos mesitas de roble a ambos lados de la cama. En las paredes de madera colgaban pósters de paisajes rurales, y junto a la ventana había un pequeño escritorio, donde estaba su ordenador portátil. En la pantalla encendida, un grupo de peces de vivos colores se deslizaban por ella como en un acuario.

Ella siempre había querido un acuario de verdad, aunque su trabajo no se lo había permitido.

Ahora tenía tiempo, pensó sombríamente. Aunque lo que no tenía tan claro era si podría permitírselo cuando se le terminaran los ahorros, algo que no tardaría en llegar si el detective privado que había contratado recientemente no descubría algo pronto.

Con un ligero toque del ratón inalámbrico, el salvapantallas desapareció y apareció una lista de sus antiguos socios en el importante bufete de Nashville donde había trabajado los últimos cuatro años y medio. Era una lista muy larga, treinta y cinco socios de pleno derecho, setenta y cinco socios asociados, y quince abogados en plantilla, eso sin contar a todo el personal administrativo. Un bufete muy grande, con muchos sospechosos, de entre los que sólo podía descartar por completo a la mitad. ¿Habría descubierto algo nuevo Randy Beecham desde su informe de la semana anterior?, se preguntó.

Oyó un ruido en la cocina y una maldición que parecía la voz de Casey, seguido de una carcajada que debía ser de Kyle. Volvió un momento la cabeza, pero se concentró de nuevo en la lista de nombres en la pantalla, sin sonreír. Alguien de entre todos ellos le había tendido una trampa y culpado de filtrar información confidencial de un cliente a los medios de comunicación a cambio de dinero. Por culpa de aquella acusación, totalmente falsa, Natalie había perdido un puesto que tanto tiempo y esfuerzo le había costado alcanzar. Y hasta que demostrara su inocencia, su trabajo y su vida, estaban en el aire.

—¿Y cuándo piensas volver?

Recostándose en la tumbona de la terraza de madera del pequeño bungalow en el que se alojaba; que también estaba siendo reformado como el de Natalie, Casey miró hacia el sendero de madera delante de él e intentó dar una respuesta satisfactoria a la pregunta de su primo.

—Todavía no lo sé —dijo él con el teléfono móvil pegado a la oreja—. Quizá dentro de un par de semanas.

—Pero ya llevas allí dos semanas —protestó Aaron Walker—. ¿Qué has estado haciendo todo este tiempo?

—Kyle y Mack están aprovechando que es temporada baja para hacer reformas en dos de los bungalows y yo me ofrecí a echarles una mano.

—¿Tú estás trabajando de carpintero? —preguntó Aaron sin hacer ningún esfuerzo por ocultar su escepticismo.

—Sí. Y también de fontanero, de pintor, de todo un poco.

—¿De fontanero? —repitió Aaron—. No sé si me gustaría verlo.

Casey se alegró de que Aaron no pudiera verle la cara al recordar cómo había empapado a Natalie con un chorro de agua helada. Seguro que él y su hermano gemelo, Andrew, hubieran disfrutado de lo lindo de la escena. Por no mencionar a su primo mayor, Jason.

Quizá algún día les contaría lo ocurrido en su primer intento de fontanería, pero ahora no.

—No lo estoy haciendo tan mal. Kyle me dijo que he sido de mucha ayuda.

—Sí, vale. Ya has tenido tus vacaciones y has podido jugar con herramientas, pero ¿no te parece que ya es hora de que vuelvas? —insistió Aaron—. Todo el mundo pregunta por ti. Y este paréntesis no creo que haga ninguna gracia a los jefazos del bufete. Si no fuera por los contactos familiares, no creo que hubieran permitido una excedencia tan larga sin repercusiones.

Casey frunció el ceño al oír la mención de los contactos familiares. Era cierto que su tía paterna, Michelle D'Alessandro, era una de las clientas más acaudaladas y prestigiosas del bufete. Y que su abuelo materno era un famoso fiscal en Chicago que había estudiado y compartido habitación y correrías juveniles con uno de los socios fundadores del bufete de Dallas donde él trabajaba. Y que el padre de Casey era socio de una de las empresas de seguridad e investigación privada más respetadas de Dallas, y que su madre era la presidenta de una reconocida empresa especializada en contabilidad. Cierto que todo ello había podido ayudar a que le contrataran al principio, pero él había trabajado muy duro para justificar aquella decisión y se había ganado hasta el último dólar de sus generosos ingresos.

O al menos eso pensaba hasta que había perdido el primer caso importante que le habían asignado. No había sido una derrota más, sino una derrota dolorosa, pública y profundamente humillante. Su familia y sus amigos le habían mostrado todo su apoyo, por supuesto, asegurándole que todos los abogados perdían alguna vez, pero también hubo muchos en Dallas que disfrutaron de verlo caer de forma tan estrepitosa.

Una semana después de la pérdida del primer caso, sufrió un segundo revés profesional. Mucho más grave. El arrogante joven que Casey había defendido con éxito de una acusación anterior había matado a otra persona, y Casey continuaba considerándose en parte culpable de aquella tragedia.

—Necesito un tiempo para mí —insistió ahora a

su primo—. No he tenido vacaciones desde... desde nunca. Mientras estudiaba trabajé todos los veranos, tanto cuando estaba en el instituto como después en la facultad, y cuando me licencié entré directamente en el bufete. Siempre quería tomarme unas vacaciones, pero nunca era el momento.

—¿Y crees que lo es ahora? —preguntó Aaron con escepticismo—. ¿Después de...? Bueno, ya sabes.

—Después de perder el caso Parmenter, ¿no? —dijo Casey—. Sí, creo que necesito estas vacaciones más que nunca.

Hubo un largo silencio y por fin Aaron volvió a hablar, con cierta cautela en la voz.

—Hmm, supongo que te has enterado de que Tamara y Fred están siendo vistos continuamente juntos.

—Sí, ya sé que han estado juntos en todos los acontecimientos de sociedad importantes de Dallas en las últimas semanas. Y que tienen un talento insuperable para ponerse delante de las cámaras y salir en todos los periódicos de la ciudad.

—Carly me dijo que Richard y ella habían asistido a un acto de beneficencia la semana pasada y que Tamara llevaba un anillo de diamantes del tamaño de un pomo. Aunque no hay ningún anuncio oficial del compromiso,... bueno, Carly dijo que Tamara estaba más contenta que un niño con zapatos nuevos.

—Eso me lo creo —dijo Casey.

—Oye, y si se hubieran prometido, ¿qué te parecería?

—La verdad, no me importa —le aseguró Casey sin dudarlo ni un segundo—. Si Tamara quiere casarse con Fred, que se casen. Espero que tengan una vida maravillosa juntos, con dos casas de lujo, dos hijos perfectos, y dos invitaciones a todos los saraos importantes de Dallas. Es lo que siempre ha querido.

—Y creía que iba a conseguirlo contigo.

—Supongo —reconoció Casey—. Hasta que decidió que con Fred lo conseguiría mucho antes que conmigo, siendo como es socio en un bufete rival.

Tamara había tomado aquella decisión, al menos abiertamente, inmediatamente después de que Casey perdiera su primer caso importante. Por lo visto, era una idea que ya le rondaba antes por la cabeza y había explorado sus opciones viéndose con Fred a espaldas de Casey, sin duda un jugoso cotilleo que había corrido como la pólvora por todos los corrillos del bufete antes de que Tamara se molestara en hacérselo saber. Algo que hizo anunciándole repentinamente que el compromiso entre ellos dos, por otro lado, un compromiso que nunca llegó a ser oficial, había terminado.

Totalmente seria le informó de que le había costado mucho esfuerzo, sacrificio y cálculos llegar a la cima de la pirámide social. Al principio pensó que él estaba dispuesto a invertir tiempo y esfuerzo para la consecución del mismo objetivo, pero últimamente tenía sus dudas, le había explicado con toda seriedad. No era ése el caso de Fred, para quien el estatus social y la imagen eran tan importantes como para ella.

—Deberías volver —le insistió nuevamente Aaron—. Dejarte ver por aquí con un par de mujeres despampanantes. Andy y yo conocemos a unas cuantas que te podemos presentar. Así puedes demostrarle a Tamara, y a todo el mundo, que no estás sufriendo por ella. Vuelve al trabajo, gana un par de casos importantes, demuéstrales que sigues siendo el mismo. Y diviértete, sal por ahí los fines de semana, como en los viejos tiempos.

Casey conocía perfectamente «los viejos tiempos» a los que su primo se refería. Durante su adolescencia, los gemelos y él se habían ganado el apodo de «el trío terrible», por todo lo que estaban dispuestos a hacer para pasárselo bien.

—No tardaré en volver—dijo sin querer comprometerse a ninguna fecha en concreto—. Además, Molly y Kyle necesitan mi ayuda. Su encargado de mantenimiento todavía tardará unas semanas en volver. Kyle y Mack prácticamente no tienen ni un momento de descanso con el complejo, y les viene bien que yo pueda hacer las cosas más sencillas. Además, así Kyle tiene un poco más de tiempo para estar con Molly y con los niños.

Aquel era un razonamiento que Aaron no podría rebatir. Todos los primos tenían una especial debilidad por Molly.

—Vale, pero procura no romper nada, ¿vale? Recuerda que eres abogado, no carpintero. Y no tardes en volver. La verdad es que me da la sensación de que estoy más preocupado por tu trabajo que tú.

—Mira quien fue a hablar, el que está pensando en cambiar de trabajo —le recordó Casey.

—Pero eso es porque no me gusta lo que hago. Que no es tu caso.

—Sí, eso es cierto.

Unos minutos después se despidieron cordialmente, aunque cuando Casey colgó estaba un poco irritado y nervioso. Quizá Aaron tuviera razón y estuviera poniendo en peligro su trabajo. Para distraerse, Casey se recostó en la tumbona y contempló la belleza de las colinas boscosas que se alzaban delante de él. Enseguida, la imagen se vio sustituida por otra mucho más atractiva: la de Natalie Lofton totalmente empapada delante de él, con la tela prácticamente transparente pegada a la piel.

Le sorprendió la claridad de la imagen mental, y se dijo que no podía permitirse el lujo de sentir una inoportuna atracción por una mujer que parecía estar en una situación tan difícil como la suya.

O quizá fuera eso lo que necesitaba, pensó mordisqueándose pensativo el labio inferior. ¿No le había dicho Aaron que debería empezar a relacionarse con otras mujeres, olvidarse de Tamara, y también de sus problemas? Lo que significaba que debería abrirse a las posibilidades que se le presentaran mientras trabajaba en el bungalow donde se alojaba Natalie.

Ya estaba impaciente por volver a verla. Pronto.

Capítulo 2

CASEY Walker estaba de nuevo en el bungalow de Natalie, esta vez en el dormitorio.

Sentada en la mesa de roble de la cocina con
el ordenador abierto delante de ella, Natalie oía los
golpes y ruidos en su dormitorio. Por lo que le había
dicho Casey, después de asegurarle que era muy capaz de hacerlo, estaba cambiando el ventilador del techo. Después de terminar con el ventilador, iba a colgar el nuevo espejo del cuarto de baño. Y pensaba
terminar con ambas tareas aquel mismo día.

Oyendo los ruidos procedentes de su dormitorio,
Natalie se preguntó si Kyle no confiaba demasiado en
las habilidades del primo de su esposa.

Se había ofrecido a ayudarle, pero Casey había rechazado la oferta educadamente. Probablemente porque no quería que estuviera observándolo.

Una cosa que sí había observado era que el encargado de mantenimiento seguía siendo tan atractivo como el día anterior. Bajo la luz del sol, algunos mechones de pelo castaño brillaban con distintos tonos de rubio y los ojos continuaban bailando entre tonos azulados y verdosos.

Frunciendo el ceño, Natalie se concentró de nuevo en la pantalla delante de ella y se maldijo por haberse dejado distraer de nuevo ante la vista de un joven atractivo. ¿No había aprendido la lección cuando a Thad apenas le faltó tiempo para alejarse de ella tras la humillante debacle en el bufete?

Claro que también había visto cómo Casey la miraba cuando creía que ella no se daba cuenta. Quizá debería pensar en la posibilidad de distraerse con un romance de vacaciones aunque sólo fuera para hacerla olvidar durante un rato la terrible situación profesional en que se hallaba sumida.

No, se reprendió al instante.

Quizás si tuviera algo de tiempo que dedicarle...

Un golpe fuerte en el dormitorio la hizo dar un respingo. Se puso en pie y rápidamente fue hacia el lugar de procedencia del ruido, esperando encontrar la mitad del techo esparcido por el dormitorio.

Casey se volvió a mirarla justo cuando ella se detuvo en la entrada. El viejo ventilador del techo estaba en el suelo, entero y aparentemente intacto.

—Perdona —dijo él—. Lo he dejado caer con más fuerza de lo que quería. Espero no haberte distraído de nada importante.

Oh, claro que la había distraído. Aunque no le pareció una buena idea hacérselo saber.

—No, sólo venía a ver si necesitabas ayuda. ¿Quieres que te sujete el nuevo mientras lo instalas?

—Kyle me enseñó a equilibrarlo mientras conecto los cables —respondió él—. El ventilador no pesa mucho. Pero gracias de todos modos.

Ella asintió.

—Si me necesitas para algo estoy en la cocina.

—Vale, gracias.

De nuevo en la mesa de la cocina, Natalie contempló la larga lista de nombres en la pantalla del ordenador. En las últimas treinta y seis horas había reducido la lista de sospechosos. A dos nombres. Y los dos estaban muertos.

Esperaba que Beecham la llamara. Si no, iba a tener que llamarlo y preguntarle si había avanzado en su investigación. Ella sola no estaba obteniendo ningún resultado.

Asqueada consigo misma, apartó el ordenador con un gruñido. Un pitido la hizo acercarlo de nuevo.

Hola, Nat, ¿estás ahí?

El mensaje instantáneo aparecía en la pantalla desde alguien que se hacía llamar «Chicadiez», y cuyo avatar era un hada de aspecto un tanto excéntrico.

Estoy aquí, escribió Natalie. *¿Qué pasa?*

He estado fisgando.

Rápidamente, Natalie escribió:

Llámame al móvil, Amber. No pongas nada por escrito.

Perdona.

Unos segundos después, el móvil de Natalie vibró, y ésta se lo llevó a la oreja.

—Hola.

—Hola, Nat.

—No pongas nada por escrito —repitió Natalie con firmeza—. Y menos en el ordenador. A lo mejor estoy paranoica, pero creo que tengo motivos para estar preocupada.

—Sí, ya lo se —dijo Amber Keller, su antigua asistente personal—. No me he dado cuenta de que los mensajes podían dejar un rastro que se puede seguir fácilmente.

—Ya lo creo que sí. Probablemente estoy siendo demasiado cautelosa, pero en fin… ¿Te has enterado de algo?

—No de mucho —dijo su amiga—. Es sólo un cotilleo interesante.

—¿Qué es? —preguntó Natalie, sin poder dejar de escuchar los golpes procedentes de su dormitorio—. Espera un segundo —se levantó y salió de la cocina, pensando que podría oír mejor si salía a la terraza de madera adjunta al bungalow.

Cerrando la puerta tras ella, respiró profundamente mientras la brisa del otoño le agitaba la melena y ella se hundía en una tumbona de plástico verde.

—Cathy Linski acaba de comprarse un coche nuevo. Un descapotable.

Natalie frunció el ceño, sin entender.

—Lo siento, pero ¿qué tiene eso que ver conmigo?

—Hace un mes, Cathy no dejaba de quejarse de que no tenía dinero y estaba al borde de la bancarrota. Ahora, de repente, empieza a gastar como una loca. Cuando alguien le preguntó a qué se debía, ella se echó a reír y dijo que estaba pasando por una buena racha, y que pensaba disfrutarla mientras durara.

—Oh, eso es muy interesante —murmuró Natalie, entendiendo perfectamente lo que su amiga estaba insinuando.

¿Estaría Beecham al corriente de eso?

—Sí. Quizá no tenga nada que ver con tu situación, pero pensé que te gustaría saberlo.

—¿Has descubierto algo más?

—Me temo que no. Aquí todo el mundo está muy callado. Ni siquiera mencionan tu nombre.

Natalie se mordió el labio inferior, y después dejó escapar un violento suspiro.

—Vale. Gracias, Amber. Avísame si te enteras de algo nuevo, ¿vale?

—De acuerdo —respondió su amiga—. Será mejor que vuelva al trabajo. Steve no es ni la mitad de tolerante que tú con sus empleados.

—No arriesgues tu trabajo por mí —le dijo Natalie—. Llámame desde casa cuando salgas de la oficina. A mí me encuentras a cualquier hora. La verdad es que aquí apenas tengo vida social.

—¿Quieres un consejo? Intenta divertirte un poco. Los últimos dos años has estado trabajando mucho, y seguro que encuentras algún tipo interesante que te ayuda a desahogarte un poco, tú ya me entiendes.

Natalie no necesitaba preguntar a qué se refería. Para Amber no había problema que no pudiera aliviarse con una noche de marcha en una de las discotecas de moda de Nashville, a las que la había invitado en numerosas ocasiones.

Sin embargo, Natalie nunca había aceptado, preocupada por la posibilidad de dañar su imagen como abogada ambiciosa, seria y trabajadora. Poco se imaginaba que su reputación sufriría un golpe mucho más duro al que hubiera recibido de haber disfrutado un poco de la vida nocturna de Nashville.

En cuanto a lo de «algún tipo interesante»… Natalie miró hacia la puerta del bungalow, pensando en Casey, y sabiendo exactamente cómo reaccionaría Amber si lo viera.

—Será mejor que vuelvas al trabajo —dijo sin tomar en cuenta el consejo—. Gracias por la llamada.

—De nada. Te aseguro que descubriremos quién te tendió la trampa, Natalie, y entonces todo el mundo sabrá que eres inocente.

Natalie le dio las gracias y colgó, pensando que Amber no sabía lo mucho que le agradecía su apoyo. Cuando la habían expulsado del bufete, muchos otros a quienes ella había considerado sus amigos, le habían dado la espalda e ignoraron, todos dispuestos a creer las acusaciones formuladas contra ella.

Natalie cerró el teléfono móvil. Tenía sed y fue a la cocina, pensando que quizá Casey ya habría terminado de instalar el nuevo ventilador.

Lo encontró de pie junto al fregadero, de espaldas a la puerta, con un rollo de papel de cocina sujeto con el brazo.

—¿Quieres que te ayude con algo? —preguntó ella.

Sobresaltado, él se volvió, sujetándose la mano izquierda con la derecha. Natalie vio que goteaba sangre. Con un leve suspiro, fue hacia él.

—¿Qué has hecho ahora? Déjame ver.

Casey deseó poder desaparecer en aquel momento, pero consciente de que era algo imposible, trató de actuar con indiferencia, a pesar de que estaba sangrando.

—Es sólo un rasguño —le aseguró él cerrando el puño para ocultar la herida.

—Un rasguño no sangra tanto —dijo ella sujetándole la muñeca con una mano—. Creo que deberías dejarme ver la herida.

—¿Eres médico? —preguntó, abriendo los dedos de mala gana.

Natalie arrugó el ceño al ver el profundo corte en la palma de la mano.

—Esto es más que un rasguño —exclamó ella—. ¿Cómo te lo has hecho?

Casey se encogió de hombros. No tenía la menor intención de decirle con exactitud cómo se había cortado.

—Ha sido un descuido. No es para tanto.

Pero ella ya estaba estudiando la herida con preocupación.

—Primero hay que detener la hemo agia —dijo ella, tirando de él hacia la mesa—. Siénate. Hay un botiquín en el cuarto de baño.

—No necesito...

Natalie le dirigió una mirada firme que no admitía réplica, y Casey se dejó caer en una silla. Unos minutos después, ella volvía con un pequeño botiquín que dejó en la mesa y abrió.

—¿Cuándo fue la última vez que te pusieron la inyección del tétano? —preguntó ella abriendo un paquete individual de gasa impregnada de alcohol.

—El año pasado. Me corté con un alambre de espino oxidado en el rancho de mi primo —respondió él, mirando con cierta aprehensión la gasa untada en alcohol, consciente de que le iba a escocer.

Ella le desinfectó el corte con alcohol, y Casey tuvo que hacer un esfuerzo para no gruñir. No se había equivocado. Escocía de lo lindo.

—¿Siempre eres tan propenso a los accidentes?

Casey frunció el ceño.

—No, la verdad.

—Mmm —murmuró ella, sin creerlo.

Casey pensó que no se lo podía reprochar. Primero la había empapado con un chorro de agua y ahora se había cortado la mano al instalar un ventilador.

—No creo que necesite puntos —dijo ella estudiando la herida limpia, que continuaba sangrando, aunque no tan profusamente.

—Claro que no necesito puntos.

Natalie sacó un tubo de pomada y un rollo de esparadrapo.

—Al menos deja que te lo cubra para que no se infecte.

Casey asintió, pensando que era una buena idea.

Arrodillada delante de él, Natalie le sujetó la mano

y le untó la pomada con cuidado. Llevaba un suéter verde de manga larga y cuello en forma de pico. Desde dónde estaba, Casey se dio cuenta de que podía ver las cremosas curvas de los senos y rápidamente desvió la mirada hacia la ventana, para evitar ponerse en evidencia ante la cercanía de la mujer arrodillada delante de él.

—¿Te hago daño? —preguntó ella levantando la cabeza.

—No —respondió él con sequedad—. ¿Ya está?

—Sí. Sólo me falta... —Natalie sujetó una gasa limpia sobre la herida con el esparadrapo—. Ya está. ¿Te molesta?

En ese momento lo que menos le molestaba era la mano, aunque Casey era muy consciente de las molestias y tensiones en otras partes de su cuerpo. Quizá la pérdida de sangre le había afectado, se dijo para sus adentros, aunque sabía perfectamente que la herida no era tan importante como para hacerlo.

—No, gracias. Será mejor que recoja esto y continúe trabajando. Aún tengo que colgar el espejo del cuarto de baño.

—¿Seguro que puedes trabajar con una mano vendada?

—Oh, claro que sí —dijo él flexionando los dedos varias veces—. Está bien.

—¿Has terminado de instalar el ventilador?

—Sí.

De hecho el corte se lo había hecho con un cúter cuando estaba cortando en trozos la caja de cartón del ventilador. Quizá distraído por el camisón de encaje que asomaba por el primer cajón de la cómoda.

—Recogeré todo esto y después colgaré el espejo y te dejaré tranquila.

Pero ella ya estaba limpiando las gotas de sangre de la encimera con un trozo de papel de cocina.

—Yo lo limpio —dijo ella—. Tú termina con lo tuyo.

Casey asintió, pensando que quizá quería deshacerse de él cuanto antes.

—Está bien, gracias —dijo él, y volvió al dormitorio, deseando largarse de allí antes de que su vanidad sufriera otro nuevo golpe.

Algo que le ocurría cada vez que estaba con Natalie, pensó con una mueca.

Mientras recorría los quince kilómetros de carretera serpenteante que separaban el complejo turístico de Gatlinburg, Natalie deseó haber encontrado alguna razón para declinar la invitación a cenar de Molly y Kyle.

A excepción de Casey y Kyle, las únicas personas que había visto durante toda la semana eran sus tíos. Había hablado con sus padres, desde luego, y con Amber, aunque sólo ésta y su padre estaban al corriente del verdadero motivo para no continuar trabajando en el bufete de Nashville. Su padre, que trabajaba en publicidad y se había trasladado a vivir a Londres, era el único que sabía que había contratado a un detective privado. Su madre, ahora casada con un profesor universitario en Oxford, Mississippi, era más bien de esa clase de personas que se angustiaban por todo y resultaban más un estorbo que una ayuda.

En aquella batalla, Natalie estaba prácticamente sola, aunque lo cierto era que estaba acostumbrada a resolver sus propios asuntos. Lo había hecho desde que sus padres rompieron tras un desagradable divorcio cuando ella tenía dieciocho años.

Siguiendo las indicaciones que le habían dado, aparcó en la entrada de la casa de Kyle y Molly en Gatlinburg. La vivienda de dos plantas, pintada de color amarillo y con las contraventanas y las puertas blancas, tenía un porche a lo largo de toda la fachada principal. En él, había un balancín y dos mecedoras, un par de grandes maceteros con crisantemos y algún que otro juguete por el suelo.

Llamó al timbre y enseguida lo que parecía un perro pequeño empezó a ladrar frenéticamente desde el interior. Natalie suspiró. Los perros pequeños no estaban entre sus debilidades.

La puerta se abrió y Kyle la saludó con una amplia sonrisa.

—Hola, Natalie. ¿Te ha costado encontrar la casa?

—En absoluto. Tus indicaciones eran muy buenas.

—Pasa. Calla, Poppy —añadió Kyle mirando al pequeño chihuahua blanco y marrón que ladraba a sus pies—. Perdona —le dijo a Natalie cuando ésta entró—. El muy tonto se cree que es un doberman. No muerde, pero quiere que creas que es muy capaz de hacerlo.

—¿Es macho? —preguntó Natalie extrañada—. ¿Y se llama Poppy?

Poppy ya se había dado la vuelta y desaparecido por una puerta abierta.

—El nombre se lo puso Olivia —explicó Kyle con

una sonrisa invitándola a pasar al salón—. Sigue al perro.

Sonriendo, Natalie fue hacia la puerta abierta que llevaba al salón. El perro estaba ahora en brazos de una niña con la cabeza llena de rizos pelirrojos y una carita redonda cubierta de pecas. Era idéntica a su madre, que se levantó al verlos aparecer.

—Natalie —dijo Molly yendo hacia ella—. Nos alegramos de que hayas podido venir.

—Estoy encantada de estar aquí —respondió Natalie educadamente.

Algo la hizo mirar a su espalda. Casey estaba sentado en una mecedora con un niño en brazos y la miraba a los ojos con expresión divertida, como si supiera perfectamente que ella no esperaba verlo allí. No se equivocaba.

—Hola, Natalie.

Ella logró disimular su sorpresa una sonrisa.

—Oh. Hola, Casey.

—Kyle y yo no hemos tenido invitados desde que nació Micah, así que pensamos que estaría bien reunirnos todos un día a cenar —explicó alegremente Molly—. Invitamos también a Jewel y a Mack, pero Jewel tenía que ir a la Iglesia y Mack dijo que estaba cansado.

Natalie estaba a punto de responder cuando algo le dio en la pierna. Miró hacia abajo y vio a Olivia, la pequeña de tres años, tratando de llamar su atención.

—Hola.

Natalie era hija única y casi todos sus amigos estaban solteros, por lo que apenas se había relacionado con niños pequeños. Se humedeció los labios y dijo:

—Hola, Olivia.

—Éste es Poppy —le presentó la niña sujetando al perrito que intentaba lamerle las mejillas.

—Sí, Poppy y yo ya nos conocemos.

—Vamos, Livvie, a lavarse las manos para cenar —dijo Kyle tomando en brazos a la niña y al perro y saliendo del salón.

—Ponte cómoda, Natalie. La cena estará lista en cinco minutos.

—Te echo una mano —se ofreció rápidamente Natalie.

Pero Molly negó con la cabeza.

—Ya está casi todo hecho. Quédate y haz compañía a Casey mientras cuida de Micah.

Estupendo. Casey y un bebé. Los dos la ponían inexplicablemente nerviosa.

Natalie se sentó en el reposabrazos de un sillón, buscando algo que decir.

—¿Qué tal la mano?

—Mucho mejor —dijo él enseñándosela con un vendaje nuevo—. La llevó tapada por precaución, pero está cicatrizando.

—Me alegro —Natalie señaló al bebé que dormía en sus brazos—. ¿Tienes mucha experiencia con niños? —preguntó con el ceño fruncido.

Casey miró al pequeño y se echó a reír.

—En mi familia es imposible evitarlos —dijo sonriendo—. Tengo catorce primos hermanos por parte de mi padre, la de Molly, y varios tienen hijos. El clan Walker está muy unido, y siempre nos reunimos para todo tipo de celebraciones. Muchas veces somos treinta o más en el rancho del padre de Molly, mi tío Jared.

Un poco intimidada por la imagen de tantos parientes reunidos en un solo lugar, muchos de ellos niños, Natalie tragó saliva.

—Buf —exclamó Natalie en voz baja.

Casey se echó a reír.

—Mucha gente reacciona así.

—¿Cuántos hermanos tienes?

—Yo soy hijo único —respondió él—, pero tengo tantos primos que nunca me ha faltado con quien jugar. Sobre todo con los gemelos, Andrew y Aaron. Sólo nos llevamos unos meses y nuestros padres son gemelos, así que pasamos mucho tiempo juntos. Y además está nuestro primo Jason D' Alessandro, que es un par de años mayor que yo.

—¿Tu padre es gemelo?

—Sí, y su gemelo también tiene hijos gemelos. Como te puedes imaginar, estamos acostumbrados a ver doble.

—Ya veo —dijo ella, aunque lo cierto era que no tenía mucha experiencia con parientes.

Su madre tenía un hermano, pero hacía muchos años que no vivían en el mismo Estado y no se veían con frecuencia, así que Natalie apenas conocía a sus primos. Su padre tenía cuatro hermanos, de los que Jewel era la más pequeña y la única chica. Dado que su padre y Jewel eran los más unidos de los hermanos Lofton, Natalie había pasado algunos veranos de su infancia en Gatlinburg, antes del divorcio de sus padres.

Aunque era unos años mayor que ella, su primo Tommy, hijo de Jewel y Mack, siempre se había ocupado de ella. La llevaba de acampada a las montañas, le enseñó a pescar en los numerosos arroyos de la zona y la acompañó a un parque de atracciones cercano. Incluso la llevó a hacer rafting cuando él tenía dieciocho años y ella acababa de cumplir catorce.

Todavía lo echaba de menos cuando recordaba aquellos días felices de su infancia, antes del divorcio de sus padres y antes de que Tommy se alistara en el ejército.

El bebé dormido en el regazo de Casey emitió un extraño sonido y abrió los ojos. Miró a quien lo tenía en brazos y acto seguido sonrió.

—Bien —dijo Casey sonriéndole a su vez—, te despiertas muy contento, ¿eh, pequeñín?

El pequeño Micah soltó una risita como si le entendiera.

Casey aún sonreía cuando levantó la cabeza y miró a Natalie.

—Siempre he tenido este efecto en los niños. En cuanto me ven la cara, se mueren de risa —explicó dando unos saltitos al pequeño, que reía de felicidad—. ¿Quieres sujetarlo?

Rápidamente, Natalie levantó las palmas de las manos.

—No, gracias. Está muy contento contigo.

Casey levantó una ceja.

—¿No te gustan los niños?

—Claro que me gustan —repuso ella—. Siempre y cuando los cuide otro.

En ese momento, Molly asomó la cabeza por la puerta.

—La cena está en la mesa. Oh, Micah ya se ha despertado —entró en el salón y extendió los brazos al pequeño—. Dame, Casey. Tú acompaña a nuestra invitada de honor al comedor.

Entregándole al pequeño, Casey se volvió hacia Natalie y le ofreció el brazo con una floritura.

—Parece que tú eres la invitada de honor —dijo—. Y yo tu acompañante. ¿Señora?

Natalie cruzó mentalmente los dedos para que ninguno de los dos se diera cuenta de su ligera vacilación antes de apoyar la mano en el brazo masculino.

Capítulo 3

ESTABA siendo una velada interesante, pensó Natalie a medida que avanzaba la cena. La pequeña Olivia tuvo un comportamiento bastante bueno y educado para su edad, y, en contraste con su esposo, Molly era una gran conversadora y sabía cómo mantener la conversación animada e interesante.

Casey era encantador. Buen conversador, divertido, ingenioso. Escuchándolo, Natalie no pudo evitar preguntarse por qué trabajaba en mantenimiento. Cariñoso con Molly, amable con Kyle, indulgente con Olivia. Parecía un joven sin preocupaciones, y sin embargo...

Natalie tenía la sensación de que tras sus sonrisas y sus bromas se escondía algo. No entendía muy bien por qué había terminado trabajando para el marido de su prima, pero tenía la vaga sensación de que había algo en su pasado tan deprimente como en el suyo.

No le preguntó por su vida, sobre todo porque no quería preguntas sobre la suya. Nadie excepto sus tíos sabían por qué había dejado su trabajo en el exclusivo bufete de Nashville. Molly y Kyle sólo sabían que estaba allí un tiempo de descanso hasta buscar un nuevo trabajo y, si sospechaban algo más, respetaban su intimidad.

Durante la cena nadie mencionó nada de trabajos ni profesiones, y las conversaciones se centraron en los niños y en otros asuntos locales. Después de cenar, aunque Molly aceptó su ayuda para recoger la mesa, se negó a dejarle limpiar la cocina.

—Está casi todo hecho —le dijo—. Kyle y yo terminaremos de recogerlo todo después de acostar a los niños.

Natalie se quedó unos minutos después de cenar, lo suficiente para no ofender a sus anfitriones. Su oportunidad para escapar apareció cuando Micah empezó a lloriquear y Molly dijo que era su hora de acostarse. Natalie aprovechó el momento para despedirse.

Casey se levantó con ella.

—Te acompañaré al coche.

—No es...

Pero él ya le había abierto la puerta y la invitaba a salir delante de él. Natalie salió abrochándose el abrigo de piel negro para protegerse de la brisa nocturna. Casey cerró la puerta tras él y caminó a su lado. A pesar de que sólo llevaba una camisa de manga larga y unos vaqueros, no parecía sentir el frío.

—Ha sido una cena muy agradable, ¿verdad?

Ella asintió.

—Mucho.

—A mi prima le gusta hablar.

—Me cae bien.

—A todo el mundo le cae bien. Se parece mucho a su madre. Mi tía Cassie —comentó Casey.

—¿Cassie? ¿Te pusieron Casey por ella?

—Oh, no, en la familia de mi madre hay muchos Caseys —explicó él, metiéndose las manos en los bolsillos de los vaqueros—. He pensado que mañana podría trabajar en tu bungalow, en la parte de fuera.

—¿En sábado? ¿También trabajas los fines de semana?

Casey se encogió de hombros.

—No tengo nada más que hacer —respondió sin dar importancia al hecho de que fuera un día no laborable—. Y dicen que va a hacer buen tiempo. Más vale que aproveche.

Una vez más, a Natalie le extrañó que no tuviera nada mejor que hacer en sábado, pero no dijo nada.

—Puedes venir cuando quieras. Yo estaré en el ordenador casi todo el día —Natalie abrió la puerta de su coche—. Buenas noches, Casey.

—Buenas noches, Natalie. Conduce con cuidado.

—Sí, lo haré. Gracias.

Por el retrovisor, Natalie lo vio esperar a que ella se alejara antes de entrar de nuevo en la casa.

Natalie estaba en el salón del bungalow, con el portátil abierto y una segunda taza de café en la mano, cuando oyó el coche de Casey en su puerta a la mañana siguiente. Después oyó ruidos y martillazos, y cruzó los dedos para que no rompiera nada, sobre todo para que no se rompiera ningún hueso.

Sentada en el sofá intentó concentrarse en la pantalla del ordenador, pero tuvo que llegar a la conclusión de que investigar por ordenador se le daba incluso peor que a Casey los trabajos de mantenimiento. Había utilizado todos los motores de búsqueda que conocía, pero no había encontrado nada que le diera ninguna pista sobre quién había podido tenderle la trampa que había causado su caída en desgracia.

En cuanto a su detective privado, empezaba a tener serias dudas sobre él. Debía haber hecho caso a su impresión inicial cuando lo conocí. Un ex agente de policía de treinta y tantos años, de aspecto corpulento y un tanto sórdido, de actitud un poco altiva y bastante irritante en el trato. Pero entonces se convenció de que casi todos los detectives privados debían de ser así, y además para trabajar con él no era necesario tener una buena relación personal.

Apartó el ordenador frustrada. ¿Qué haría si no encontraba las pruebas que necesitaba para limpiar su nombre? Ningún bufete volvería a contratarla si continuaban cerniéndose sobre ella las sospechas de que había traicionado el secreto profesional.

Unos golpes en la puerta de atrás interrumpieron sus pensamientos. Suspirando, fue a la cocina y abrió la puerta.

—Buenos días.

Tan guapo como siempre, quizá incluso más con la camiseta de manga larga verde oscura que resaltaba el tono verde de sus ojos , Casey le sonrió.

—Buenos días. Espero no molestarte.

Ella negó con la cabeza. En el fondo se alegraba de que alguien le hubiera ayudado a dejar de pensar en sus problemas.

—No, tranquilo.

—¿Tienes algún cuenco viejo para poner algo de comida? Ahí afuera hay un perro vagabundo y parece bastante hambriento.

A pesar de que los perros no les gustaban especialmente, tampoco le gustaba ver sufrir a ningún animal.

—Espera un momento, encontraré algo —respondió.

—Vale, gracias —dijo él—. Y de paso, si tienes algunas sobras…

—Ahora miro.

Natalie tardó un par de minutos en encontrar un cuenco de plástico vacío y llenarlo de agua. Después sacó un plato del pudín de carne de la nevera, lo metió un momento en el microondas para ablandarlo un poco y después llevó el agua y la comida a Casey.

—Toma. Dale esto.

Casey estudió el pudín de carne con cautela.

—¿Esto lleva cebolla? Porque a los perros le sienta fatal la cebolla.

—A mí también —dijo ella sacudiendo la cabeza—. Me da dolor de cabeza. Ahí sólo hay carne, huevo, ketchup, pimiento y mostaza.

—Bueno, a falta de comida para perros, supongo que valdrá. Mejor que dejarlo que se muera de hambre.

Con curiosidad, Natalie le siguió hasta el perro vagabundo. No se molestó en ponerse una chaqueta. Aunque el aire era frío, el suéter rojo que llevaba con los vaqueros era suficiente. Si se fijó en el fantástico aspecto de Casey en vaqueros por detrás, no se permitió regodearse con los ojos y se obligó a buscar el perro.

Era un chucho de tamaño mediano, probablemente marrón con manchas blancas, que apenas se le notaban debido a la capa de barro y mugre que llevaba encima. Tenía el pelo pegado a la piel y se le notaban todas las costillas. El animal no huyó cuando Casey caminó lentamente hacia él, pero tampoco le permitió acercarse demasiado. Cuando vio al perro retroceder, Casey se detuvo y dejó el agua y la comida en el suelo.

—Toma, amigo. Todo tuyo —dijo en voz baja retirándose con pasos lentos hacia atrás—. Come todo lo que quieras.

El perro arrugó el hocico y, con los ojos clavados en los humanos que lo observaban, dio un par de pasos hacia delante y olisqueó la carne recalentada. Momentos más tarde el plato estaba totalmente limpio.

—¿Llamamos al servicio de recogida de animales? —preguntó Natalie.

En cuanto lo dijo, el perro salió corriendo hacia el bosque, como si la hubiera entendido, y desapareció entre los árboles y la maleza.

Casey la miró y se encogió de hombros.

—No veo para qué. Para cuando llegue alguien a recogerlo, ese perro puede estar muy lejos. Al menos hoy ha comido una comida decente.

—¿Era macho?

Casey volvió a encogerse de hombros.

—No tengo ni idea.

—Oh —Natalie recogió el plato vacío y el cuenco de agua del suelo y miró la escalera apoyada contra la pared del bungalow y la caja de herramientas en el suelo—. ¿Qué tal va el trabajo?

Casey se pasó una mano por el pelo.

—Bien. He estado limpiando los canalones, para que no se atasque el agua, y me he dado cuenta de que hay que cambiar algunas tejas, pero para eso necesitaré ayuda. Y todavía tengo que enmasillar y acondicionarlo todo para invierno, antes de que llegue el frío de verdad. Y después entre Kyle y yo instalaremos el jacuzzi.

—¿Un jacuzzi?

—Sí —respondió él torciendo los labios en una sonrisa—. En la terraza de madera. Kyle dice que ahora todo el mundo quiere un bungalow con jacuzzi de agua caliente al aire libre. Por aquí muchos de los bungalows tienen mesas de billar y máquinas de videojuegos, pero ellos quieren mantener el complejo con un sabor un poco más rústico.

—Sí, lo entiendo perfectamente —dijo ella pensando en el agradable y sereno aislamiento en el que había estado en los últimos días.

Un jacuzzi en la terraza no estaría mal, pensó, pero para ella el bungalow no necesitaba nada más. Cerca había senderos para caminar, un arroyo que pasaba borboteando junto al complejo, barbacoas y mesas de picnic, mecedoras y balancines en los porches de los bungalows y cómodos sillones de mimbre con mesas en las terrazas. ¿Quién querría jugar con un videojuego con tanta belleza natural delante?

—Será mejor que continúe trabajando —dijo Casey volviéndose hacia la casa—. Empezaré con la terraza cuando terminé de limpiar el último canalón. No tendrás planes de usarla hoy, ¿verdad?

—No, no te preocupes —dijo ella.

—El invierno se nos echará encima antes de que nos demos cuenta y las reformas ya van bastante retrasadas —explicó él—. Le dije a Kyle que intentaría hacer el máximo posible mientras él trabaja en otro de los bungalows.

—Claro.

—Gracias por tu ayuda con el perro.

Natalie asintió y, sin decir nada más, se metió en el bungalow y cerró la puerta.

Una hora más tarde, Casey estaba moviendo los muebles de la terraza cuando la puerta de la cocina se abrió y Natalie apareció con una taza en la mano y una expresión cautelosa en el rostro.

—He preparado café —dijo ella—. ¿Te apetece una taza?

Casey acababa de abrir una botella de agua, pero podía dejarla para más tarde.

—Claro —dijo, encantado con el detalle—. Me sentará bien, gracias.

Natalie le dio la taza y después miró a su alrededor.

Casey había retirado las tumbonas y la mesa baja que iba entre ambas, aunque todavía le quedaba por retirar el conjunto de mesa de hierro forjado con sombrilla y cuatro sillas a juego. Al fondo de la terraza había un balancín de madera que también necesitaría una capa impermeabilizante para el invierno.

—¿Dónde estás dejando los muebles?

Casey bebió un trago de café antes de responder.

—Detrás del bungalow, donde la barbacoa y la mesa de picnic.

—¿Necesitas ayuda para mover lo demás? —se interesó ella—. Me gustaría hacer algo útil, ya que mis tíos han sido tan generosos de dejarme estar aquí.

Casey hizo un esfuerzo para ocultar su sorpresa.

—No rechazaría una oferta de ayuda tan generosa —dijo—, pero ¿estás segura de que no preferirías hacer otra cosa? Hace un día precioso.

Natalie miró a su alrededor, como si no se hubiera dado cuenta.

—No tengo nada más que hacer —dijo ella.

A él, el tono de abatimiento en la voz femenina le llegó al corazón. ¿Qué tenía aquella mujer que le recordaba un poco al perro vagabundo al que acababan de dar de comer? Aislada, a ratos desconfiada, quizá maltratada en algún momento, pero con un innegable aire de dignidad y serenidad.

—Podemos empezar con las sillas —dijo él dejando la taza en la barandilla de la terraza.

Natalie se volvió hacia la mesa, pero Casey la detuvo sujetándola por el brazo.

—¿No tienes guantes de trabajo? —preguntó él mirándole las manos—. No querrás hacerte ampollas.

—Tengo guantes de conducir, y unos guantes de punto.

—Cualquiera será mejor que nada.

—Entonces ahora vuelvo. ¿Necesitamos algo más de dentro?

—No —Casey tomó la primera silla—. Llevaré ésta.

Natalie volvió con los guantes de conducir y juntos pasaron las dos horas siguientes trabajando en armonía, primero retirando los muebles y después barriendo y fregando la terraza. No hablaron mucho, pero el silencio era agradable, sólo interrumpido por el canto de los pájaros y el deslizarse del agua del arroyo.

Aunque no se permitió mirarla abiertamente, Casey observaba a Natalie mientras ésta trabajaba, y le gustó lo que vio: un nuevo color en las mejillas, un brillo en los ojos. Sin duda le gustaba sentirse útil, y disfrutar de los rayos del sol otoñal y la brisa de la montaña después de pasar unos días encerrada en el bungalow.

—Mañana por la mañana daré el sellador, y en cuestión de veinticuatro o cuarenta y ocho horas podremos volver a colocar los muebles.

—Un complejo como éste necesita de muchísimo mantenimiento —comentó ella.

—Y que lo digas. Desde luego Kyle y Mack no paran en todo el día, y menos ahora, que su encargado de mantenimiento está de baja. Y tu tía tampoco. Ella es la que se ocupa de las reservas y la contabilidad.

Contemplando la terraza vacía, Natalie murmuró:

—Tommy siempre se quejaba de que su familia vivía en un destino turístico y nunca tenían tiempo de ir de vacaciones. Cuando era niña no lo entendía, pero ahora desde luego que sí.

Casey estudió la expresión femenina, y vio las sombras de tristeza que cubrieron sus ojos.

—Kyle me habló de Tommy. Por lo visto era un gran tipo.

—Sí, lo era.

Notando un movimiento a su derecha, Casey se volvió, pensando que quizá el perro vagabundo había vuelto a cenar. Pero en lugar de eso, lo que vio fue la inesperada imagen de un pequeño rebaño de ciervos saliendo del bosque y pastando no muy lejos del bungalow. Eran tres ciervas adultas y un joven macho.

—Natalie —dijo en voz baja, señalando con la cabeza en aquella dirección—. Mira.

Natalie volvió la cabeza, y sonrió.

—Son preciosos.

—Lo son, ¿a que sí?

Los observaron en silencio durante un momento y después algo, un olor, un movimiento, un sonido quizás, sobresaltó a una de las ciervas que levantó la cabeza y miró directamente a Casey y a Natalie. Después se volvió para desaparecer entre los árboles seguida de sus compañeros.

—Hoy desde luego hemos visto muchos animales, ¿verdad? —comentó Natalie, mirándolo de nuevo—. ¿Crees que lo próximo será un oso negro?

Casey sonrió.

—Espero que no. Los perros y los ciervos no se me dan mal, pero no puedo decir lo mismo de los osos.

Natalie se echó a reír.

—Los de aquí normalmente no se meten contigo si tú no te metes con ellos. Una vez vi uno yendo de acampada con Tommy. Lo miramos, nos miró, y cada uno seguimos por nuestro camino. Por suerte, Tom y yo habíamos estado haciendo un montón de ruido, así que cuando el oso nos vio ya nos había oído y no se asustó. Sobre todo son peligrosos cuando están asustados o quieren proteger a sus crías.

—En Dallas no había muchos osos —recordó Casey—. Alguna vez veíamos serpientes de cascabel en el rancho de mi tío, pero a mí tampoco me hacían mucha gracia.

Natalie se estremeció.

—A mí tampoco me la harían. Las serpientes no me gustan nada.

—Así que hay algo que asuste a la intrépida de Natalie Lofton.

—¿Intrépida yo? —repitió Natalie alzando una ceja.

Encogiéndose de hombros, Casey asintió.

—No sé por qué es una palabra que suelo asociar contigo. Quizá porque pareces ser una persona muy dura. Tuberías rotas, sangre, perros vagabundos, osos también por lo visto. Te enfrentas a todo sin pestañear —dijo él—. Sólo te he oído reconocer dos cosas que te intimidan: las serpientes y los bebés.

Natalie parpadeó, y Casey se dio cuenta de que la había pillado totalmente desprevenida, algo que por lo visto no era frecuente.

—Reconozco que lo mío no son ni las serpientes ni los bebés —dijo ella con una sonrisa—. Aunque te aseguro que no soy tan intrépida como crees. Créeme, no me enfrento a las cosas con tanta serenidad como sugieres.

—Cualquiera lo diría —dijo él sin dejar de observarla.

Casey siempre se había considerado un buen lector del lenguaje corporal. La vio cruzar los brazos y estremecerse y por un momento pensó que su comentario había hecho mella en ella. ¿O quizá sólo tenía frío?

—Está bajando la temperatura —comentó, diciéndose que se metiera en sus asuntos—. Será mejor que vuelvas dentro.

Natalie miró de nuevo a la terraza limpia y vacía.

—Supongo, aquí ya hemos terminado. Tú también, ¿no?

—Sí. Pronto se hará de noche para empezar con algo nuevo. Supongo que será mejor que vuelva a mi bungalow y trabaje un rato con los suelos. Los estoy lijando y barnizando, empezando por la cocina.

—¿Estás trabajando en los dos bungalows a la vez?

—Más o menos. Un par de horas cuando termino aquí.

—Seguro que Kyle y el tío Mack agradecen tu ayuda.

Casey se encogió de hombros.

—Como sabes perfectamente, no soy el mejor encargado de mantenimiento del mundo, pero quiero contribuir en lo que pueda mientras estoy aquí.

Natalie dio un paso hacia la casa, pero se detuvo y se volvió a mirarlo.

—¿Has dicho que estabas trabajando en el suelo de la cocina de tu bungalow?

—Sí. Lo tengo todo recogido, así que empezaré a lijar esta noche.

—¿Y la cena?

—Supongo que iré a buscar una hamburguesa y unas patatas a la ciudad.

Natalie respiró profundamente y después dijo, como una ocurrencia casual:

—Puedo preparar algo rápido si quieres cenar conmigo antes de irte.

Aunque sorprendido por la invitación, Casey no dudó en aceptar.

—Me encantaría cenar contigo. Gracias.

Natalie esbozó una sonrisa.

—Bien, estupendo. Si quieres, puedes entrar a lavarte un poco mientras lo preparo.

Casey dejó la caja de herramientas al pie de las escaleras y la siguió al interior de la casa.

Capítulo 4

POCO después, Casey entró en la cocina olisqueando el aire.

—Huele muy bien.

—Espero que te gusten los tacos de pescado —dijo ella dejando una fuente de pescado a la parrilla sobre un salvamanteles.

—Me encantan.

Los dos se sentaron en la mesa de la cocina y Natalie buscó temas de conversación que no se adentraran demasiado en territorio personal. Continuaron hablando sobre las reformas de los bungalows y también comentaron las atracciones turísticas de la zona. Casey le contó que Molly quería que le acompañara a visitar el parque de atracciones Dollywood con Olivia.

—Hace años que no voy —comentó Natalie—,

pero es muy divertido. Estoy segura de que lo pasaréis en grande.

Después hablaron sobre Texas, y Natalie reconoció que apenas conocía el Estado, que sólo había estado en Dallas y Houston por trabajo.

—Y siempre en verano. Hace un calor insoportable.

Casey se encogió de hombros.

—Te acostumbras —dijo, reconociendo que siempre había vivido en la zona de Dallas.

—¿Piensas volver? —le preguntó Natalie.

—Sí, supongo. Prácticamente toda mi familia está allí. Sólo vine para visitar a Molly y Kyle y me ofrecí a echarles una mano con las reformas. Es probable que vuelva a Texas en una semana o dos —admitió él sin darle demasiada importancia—. ¿Y tú? ¿Cuándo vuelves a Nashville?

—Todavía no lo sé —dijo ella bajando la vista al plato—. De momento estoy... entre trabajos, y tengo que tomar algunas decisiones profesionales importantes. No quiero precipitarme.

Se puso bruscamente en pie, sin dar tiempo a Casey a hablar.

—La tía Jewel me ha hecho una de sus famosas tartas de lima. Todavía no he tenido oportunidad de probarla. ¿Te apetece un trozo de postre?

—Claro, me encantaría.

—Y prepararé un poco de café descafeinado.

—¿Puedo ayudarte en algo?

—No, gracias. Sólo me llevará unos minutos. Pasa al salón, si estás más cómodo. El mando de la televisión está en la mesa de centro, si quieres ver las noticias o lo que sea mientras preparo el café.

—Sí, creo que veré la previsión del tiempo —dijo él—. Espero que no anuncien lluvia para mañana. Me gustaría terminar de impermeabilizar la terraza.

En la cocina, mientras ponía el agua a hervir y molía el café, Natalie pensó en lo agradable que había sido estar con Casey. En ningún momento la había hecho sentir incómoda, ni había sido indiscreto con sus preguntas. Todo lo contrario, había sido una compañía agradable, divertida, incluso había flirteado un poco con ella. Y su maltrecha vanidad femenina había respondido con avidez. Lo necesitaba, se dijo. Necesitaba estar con alguien que no la observara con suspicacia, que le ayudara a olvidar sus problemas, y que le hiciera sonreír para variar.

No tenía prisa por terminar la velada.

Casey estaba cómodamente sentado en el sofá, con el mando a distancia en la mano, medio concentrado en la previsión meteorológica. Cuando Natalie apareció en el salón, se puso en pie y apartó un par de libros y una cesta de manzanas de la mesa de centro para hacer sitio a la bandeja.

—Esa tarta tiene muy buena pinta —comentó cuando Natalie se sentó a su lado.

No en un sillón individual, sino a su lado, pensó. Quizá estaba empezando a caerle bien, a pesar de su cuestionable capacidad en mantenimiento.

—Mi tía es una cocinera excelente —dijo ella ajena al rumbo que estaban tomando los pensamientos masculinos.

—Pues el sabor es mucho mejor todavía —dijo él

después de probarla—. El café también está muy bueno—dijo después de beber un trago.

—Gracias. Compro los granos enteros en una tienda especializada en Nashville.

Casey dejó la taza y se volvió a mirarla. Era muy consciente de que Natalie no quería preguntas personales, pero ahora estaba dispuesto a arriesgar un poco. Porque Natalie Lofton lo intrigaba demasiado como para no intentar saber más cosas sobre ella. Preferiblemente de su boca.

—¿Cuánto tiempo has vivido en Nashville?

Parecía una pregunta bastante inocua para empezar.

Natalie miró la taza de café.

—Prácticamente toda mi vida.

—Yo siempre he vivido en los alrededores de Dallas —le confió él—. Supongo que eso es una cosa que tenemos en común. No haber vivido en muchos sitios.

—Supongo.

Casey tenía la sospecha de que Natalie no quería hablar de trabajo ni profesiones, y él tampoco estaba especialmente interesado en hablar del suyo. Se vería obligado a explicar qué le había llevado a tomarse una excedencia sin sueldo y en el peor momento.

La familia parecía un tema de conversación más inofensivo.

—¿Tus padres siguen viviendo en Nashville? —preguntó él.

—No. Mi madre y su marido viven en Oxford, Mississippi, y mi padre vive en Londres.

No se le había pasado por la cabeza que sus padres

estuvieran divorciados. Casey sabía que su familia era bastante atípica, pero en el clan Walker el divorcio prácticamente era inexistente, así que no se le había pasado por la cabeza.

—Tu padre es hermano de Jewel, ¿no?

—Sí, y eran los más unidos de los cinco hermanos.

—¿Cinco?

Natalie asintió con la cabeza.

—Sólo tres continúan con vida.

—O sea que también existe una familia numerosa.

—Bueno, eso se podría pensar, pero Tommy era el único hijo de Jewel, yo soy la única hija de mi padre, uno de mis tíos no tenía hijos, y los otros tenían tres entre ellos, pero apenas he tenido relación con ellos. Cuando le pregunté a mi padre por qué no tenía mucha relación con sus hermanos, me dijo que no lo sabía. Que se habían ido separando tras la muerte de su madre, que murió cuando Jewel y él aún estaban en el instituto.

—Pero sí teníais relación con tu tía.

—Sí. No tanto como me hubiera gustado, pues vivíamos a varias horas de distancia, pero siempre ha habido un vínculo especial.

—Yo también tengo bastante relación con mis tías —le contó él—. Sobre todo con mi tía Taylor, que está casada con el hermano gemelo de mi padre. Y como yo siempre estaba con sus hijos, Aaron y Andrew, mi madre y ella aseguran que nos han criado a la vez. El resto de la familia nos llaman «el trío terrible».

Eso la hizo reír, y Casey se fijó en los hoyitos que se dibujaban en sus mejillas cuando sonreía.

—Dijiste que sois más o menos de la misma edad.

—Casi. Aaron y Andrew son unos meses más jóvenes que yo. Tienen veinticinco años, yo cumplí veintiséis en julio.

Natalie esbozó una sonrisa.

—Yo cumpliré treinta en enero.

Eso confirmaba lo que Casey había pensado sobre su edad.

—¿Qué eres, Acuario?

—Capricornio, aunque no sigo mucho lo del horóscopo —dijo ella restando importancia al tema con un ademán.

—Yo soy Leo. Una de mis primas está bastante metida en eso. Y es bastante buena. Es increíble lo certera que puede ser con las cartas astrales y esas cosas.

De hecho, hacía un año que su prima Dawne le advirtió que iba a pasar por una crisis importante, cuando todo el mundo, incluido él, estaban convencidos de que su vida era perfecta. Le dijo que tendría que tomar algunas decisiones difíciles, y que de ellas dependería una vida de felicidad y satisfacción u otra de callada desesperación.

Se dio cuenta de que casi había olvidado aquella conversación. Quizá debería llamar a su prima y pedirle consejo ahora que había llegado a la encrucijada que ella había predicho.

Natalie no parecía interesada en hablar de astrología.

—¿Quieres más café?

—No, gracias. Será mejor que me vaya si quiero hacer algo más hoy —dijo él poniéndose en pie.

Natalie dejó la taza en la bandeja y lo acompañó a la puerta.

—Gracias por la compañía —dijo ella, y parecía sincera.

—Entonces hasta mañana —dijo él—. Vendré a impermeabilizar la terraza.

—No sé si estaré aquí—dijo ella—. Le dije a mi tía que iría con ellos a la iglesia por la mañana y después comería con ellos. ¿Tienes llave para entrar si no estoy?

Casey se dijo que no tenía motivos para sentirse defraudado por no poder verla. Era normal que ella tuviera otros planes y más que hubiera quedado con sus tíos, y además él sólo volvería a trabajar.

—Traeré la de Kyle, aunque no creo que me haga falta. Mañana estaré trabajando en la parte de fuera.

—Sí, ya, pero entra si necesitas algo.

—Gracias —Casey salió al porche, y titubeó un momento. Después se volvió hacia ella—. Eh, Natalie.

—¿Sí? —dijo ella a punto de cerrar la puerta.

—Si quieres puedo devolverte el favor e invitarte a cenar un día de éstos —empezó él, dándose cuenta de que no era precisamente una invitación muy romántica—. En Gatlinburg hay un restaurante de carnes y pescados a la brasa que es bastante bueno. Me han dicho que la trucha es lo mejor. Si quieres podemos ir un día de esta semana.

Casi podía ver el debate en la mente femenina. Sin duda la invitación le tentaba, pero estaba un poco nerviosa. ¿Por qué se ponía tan nerviosa?

—Puede —dijo ella tras un breve silencio—. Si hay tiempo.

Casey no estaba seguro de qué quería decir con ello, pero al menos no había rechazado la invitación de plano.

—Bien, ya hablaremos en otro momento.

Natalie retrocedió un paso hacia dentro.

—Buenas noches, Casey.

—Bue…

Pero ella ya había cerrado la puerta.

Cuando Natalie regresó al bungalow al día siguiente después de pasar buena parte del domingo con sus tíos, el coche de Casey estaba aparcado en la entrada. El hecho de que se le acelerara el corazón ante la idea de verlo la hizo recapacitar un momento.

También recordó su reacción cuando él la invitó a cenar. Aunque él lo había presentado como una forma de devolverle la cena, era evidente que lo que él sugería era una especie de cita. Se había quedado tan desconcertada que estuvo a punto de cerrarle la puerta en la cara, una reacción totalmente impropia de ella.

Lo cierto era que Casey Walker la ponía nerviosa. Y aunque se dijo que era agradable tener una distracción que la ayudara a olvidarse de sus problemas, se preguntó si no sería un error liarse, aunque fuera temporalmente, con un joven guapo y agradable que evidentemente también tenía sus propios secretos.

Sería mejor que se concentrara en sus problemas, se reprendió en silencio. No tenía tiempo para escarceos amorosos. Pero Casey era toda una tentación, con sus vaqueros azules y el cinturón de herramientas a la cadera.

Llevando la bolsa de sobras que su tía había insistido en que se llevara, Natalie entró en el bungalow y fue a la cocina, debatiéndose entre salir a saludar a Casey o dejarlo trabajar en paz.

El hombre estaba trabajando, y ella no quería interrumpirle.

Cobarde.

Cerró la puerta de la nevera, irritada consigo misma. Unos golpes en la puerta principal le hicieron dar un respingo.

Suspirando de exasperación, cruzó el salón para abrir la puerta con una sonrisa.

—Hola, Casey.

Éste asintió, con aspecto un tanto distraído. Con camisa, cazadora y pantalones vaqueros, se notaba que había estado trabajando todo el día.

—Hola. Oye, ese perro ha estado merodeando otra vez por aquí. Creo que ha vuelto a ver si consigue algo de comer. ¿Tienes algo por ahí?

—Acabo de traerme un cuenco lleno de sobras de estofado. Le pondré un poco, y un cuenco de agua.

—Te ayudaré —dijo él—. No podemos pisar la terraza porque el impermeabilizante todavía se está secando.

—Bien.

Él la siguió hasta la cocina.

—¿Lo has pasado bien con tus tíos?

—Sí, muy bien —respondió ella llenando el cuenco de plástico que había utilizado el día anterior.

Le dio el cuenco de agua y abrió la puerta de la nevera, de donde sacó un plato de sobras.

—¿Te ha costado mucho impermeabilizar la terraza? —preguntó ella para mantener la conversación, mientras calentaba el plato en el microondas durante unos segundos para que estuviera a temperatura ambiente.

—No. He usado el pulverizador de Kyle. No ha sido complicado.

—¿Y se podrá pisar mañana?

—Sí. Yo creo que con veinticuatro horas será suficiente.

Natalie sacó el plato del microondas.

—Vamos a ver si todavía está ahí.

—Me da que sí estará —respondió Casey, dejándola pasar primero—. Parecía bastante hambriento, y esperanzado.

—¿No deberíamos llamar al servicio de recogida de animales?

Casey titubeó.

—Dame un par de días para ver si toma un poco de confianza conmigo. A lo mejor Kyle conoce a alguien que quiera adoptarlo.

Natalie todavía llevaba la ropa que se había puesto para ir a la iglesia por la mañana, una chaqueta de tela negra sobre una blusa verde y una falta a cuadros verde y negra que le llegaba justo por debajo de la rodilla. Por suerte los zapatos no tenían más de cinco centímetros de tacón, por lo que no tuvo problemas en seguir a Casey hacia el bosquecillo cercano.

Enseguida vio al perro, tan sucio y desaliñado como el día anterior, observándolos con cautela, y preparado para salir huyendo al mínimo indicio de peligro.

Casey dejó el cuenco de agua y el plato de comida en el suelo y, poniéndose en cuclillas, llamó al perro.

—Ven, amiguito. Venga, aquí tienes comida.

Casey se quedó junto a los platos, esperando a ver si el perro se atrevería a acercarse, pero no fue así. Casey suspiró, se levantó y retrocedió unos metros, hasta volver junto a Natalie.

—Vale, será mejor que no nos acerquemos demasiado.

El perro se acercó lentamente a la comida, que devoró deprisa, al igual que el agua. Satisfecho, el animal miró a Natalie y a Casey. Tras un momento, movió tentativamente la cola, se volvió y salió corriendo hacia el bosque.

—Creo que nos ha dado las gracias —murmuró Casey mirando a Natalie con una sonrisa.

—Puede —respondió ella—. ¿Crees que volverá?

—Es posible. Esta tarde compraré pienso para perros.

Natalie asintió y recogió el plato vacío.

—Bien. Todavía queda estofado de sobra, si tienes hambre.

Casey soltó una risita.

—¿También vas a dar de comer al otro vagabundo de la zona?

—Incluso te traeré un cuenco de agua, si tienes sed —bromeó ella.

Casey negó con la cabeza.

—Gracias, pero ya he comido.

—¿Ya has terminado por hoy?

—Casi. Sólo me queda terminar una de las esquinas. Quizá una hora más por hoy.

—Avísame si necesitas algo. Estaré dentro.

—Bien, gracias.

Sin volverse a mirarlo, Natalie entró en el bungalow. Se puso unos vaqueros y un suéter y puso agua a hervir para prepararse un té. El ordenador estaba en la mesa de centro, pero no se sentía con ganas de enfrentarse a otra búsqueda infructuosa.

Mirando el reloj, vio que todavía eran las cuatro de la tarde. Le quedaba una tarde muy larga y con muy poco que hacer. Pensó en llamar a alguien, a su madre, o a su padre, o a Amber, pero no tenía nada nuevo que contar. Las cosas seguían como antes.

Buscó la novela que llevaba toda la semana intentando leer, pero tampoco pudo concentrarse. Apenas había leído cinco páginas cuando unos golpes en la puerta la hicieron levantar la cabeza del libro.

Los ojos de Casey recorriéndola de arriba abajo le dijeron que se había dado cuenta de que se había cambiado de ropa, aunque no hizo ningún comentario.

—Ya he terminado por ahí. ¿Necesitas algo antes de que me vaya?

—No, gracias. Que tengas una buena tarde.

Los labios masculinos se torcieron en una irónica sonrisa en respuesta a sus manidas palabras.

—Gracias. Lo mismo te digo.

Casi había cerrado la puerta cuando de repente, Natalie la abrió de nuevo.

—¿Casey?

A mitad de las escaleras, éste se volvió a mirarla.

—¿Sí?

Natalie rebuscó en su mente alguna buena razón para evitar que se fuera, para retrasar la inevitable vuelta a la soledad y sus problemas.

—¿Te gusta jugar? Ya sabes, a juegos de mesa, cartas y eso.

Los ojos masculinos se iluminaron.

—Claro. Como a todo el mundo.

—He encontrado un montón de juegos en un armario junto a la chimenea. A lo mejor te apetece quedarte y echar una partida de Scrabble o algo así. Puedo calentar el estofado de mi tía para cenar. Si no tienes otros planes, claro —terminó añadiendo, dándose cuenta de que quizá él tenía otros planes o prefería hacer otras cosas.

Casey sonrió.

—Pensaba trabajar en mi bungalow, pero una partidita de Scrabble suena mucho más tentadora —respondió él con una amplia sonrisa—. Aunque te lo advierto. Se me da muy bien. Y pienso ganar.

Al ver su sonrisa, Natalie se alegró de haberse dejado llevar por la tentación y le sonrió a su vez.

—Yo también.

—Que gane el mejor —dijo él subiendo de nuevo las escaleras del porche.

Capítulo 5

CASEY casi podía ver cómo se relajaba Natalie a medida que avanzaba la velada. Frente a la tensión de la primera partida, ahora estaba riendo, relajada y disfrutando del momento, y se dijo con una íntima satisfacción que aquella transformación se debía a él.

—¿Quieres otra copa de vino? —preguntó ella sujetando la botella de vino junto a su copa.

Bueno, no exclusivamente a él, se dijo Casey para sus adentros, negando con la cabeza.

—No, gracias, Tengo que conducir, y teniendo en cuenta las curvas de la carretera, mejor me tomo otro café.

—Sí, claro, no me había dado cuenta.

Natalie le sirvió otra taza de café y ella se sirvió otra copa de vino blanco.

—¿A quién le toca?

—A ti —dijo él, que estaba disfrutando de verla tan sonriente, riendo incluso cada vez que lograba ganarle.

—Hacía años que no jugaba a juegos de mesa —dijo ella sorbiendo otro trago de vino—. Casi había olvidado lo divertido que puede ser.

—¿A tus amigos de Nashville no les gustan los juegos de mesa? —preguntó él después de beber un sorbo de café, incapaz de reprimir la imperiosa necesidad que tenía de conocerla un poco mejor.

La sonrisa femenina se apagó ligeramente.

—No mucho. Últimamente sólo me relacionaba con adictos al trabajo, supongo. Para ellos, divertirse es ir a una fiesta donde hacer un montón de contactos profesionales.

O sea, que por su profesión se movía en los mismos círculos que él, pensó Casey. Eso no le sorprendió, pero todavía no sabía si lo había dejado por voluntad propia o se había perdido el trabajo, aunque algo le hacía sospechar que no lo había dejado voluntariamente.

—Hablas como si necesitaras unas vacaciones.

—Supongo que sí —dijo ella, estudiando el tablero antes de colocar una ficha—. Las necesitaba.

—Aunque no creo que estén siendo muy entretenidas —comentó él—. Te pasas todo el día metida aquí en el bungalow.

—Necesitaba descansar —dijo ella con un encogimiento de hombros.

—A lo mejor te apetece hacer algo diferente esta semana —sugirió él—. Hacer alguna excursión por las montañas o algo así. Me han dicho que hay rutas muy bonitas.

—Sí, podríamos ir —dijo ella sin dudarlo esta vez—. La distracción me vendría bien.

Casey no estaba muy seguro de que le gustara ser utilizado como distracción, pero ¿no era eso lo que estaba buscando él también? ¿Algo que le hiciera pensar en otra cosa que no fuera volver a Dallas y retomar su vida donde la había dejado?

Natalie ganó la partida, por menos de veinte puntos.

—Con esto eres la ganadora de la noche —dijo él—. Por dos partidas a una.

—Bueno, casi ha sido un empate —dijo ella recogiendo las fichas y guardándolo todo en la caja.

Sus ojos se encontraron por encima de la mesa y a Casey le sorprendió lo que creyó leer en los ojos femeninos. Su desarrollada intuición le dijo que aunque Natalie había reído y jugado durante un par de horas, había algo que continuaba preocupándola. Algo que ni unas partidas de Scrabble ni media botella de vino podían desvanecer por completo.

Y se preguntó hasta qué punto buscaba ella «distraerse» con él.

—¿Quieres otra taza de café? —preguntó ella.

—Se está haciendo tarde —se excusó él poniéndose en pie—. Será mejor que me vaya.

Casey vio el destello en los ojos femeninos antes de que Natalie bajara la mirada, pero no fue capaz de interpretarlo. ¿Acaso no quería que se fuera? Y si así era, ¿era porque de verdad quería su compañía, o sólo porque no quería estar sola?

Natalie lo siguió hasta la puerta.

—Supongo que te veré mañana.

—Sí. Gracias por la cena, y las partidas.

—De nada. Gracias por la compañía.

—Querrás decir la distracción —murmuró él recordando sus palabras de antes.

—Eso también —Natalie se encogió ligeramente de hombros.

Los dos fueron a abrir la puerta a la vez y colisionaron. Casey la sujetó por el hombro.

—¿Estás bien?

Sonriéndole avergonzada, Natalie movió la cabeza.

—Qué torpe —dijo—. Casi nunca bebo vino, y hoy me he pasado un poco.

Casey no la soltó enseguida. Ella tampoco se apartó. Tenía las mejillas encendidas, los ojos quizá un poco demasiado brillantes, y él tuvo que hacer un esfuerzo para no tomarle los labios entreabiertos con la boca y besarla apasionadamente. Tenía la sospecha de que ella era muy consciente de que él deseaba besarla, al igual que sospechaba que no le importaría mucho si lo hiciera. Quizá incluso lo deseaba con la misma intensidad.

Pero por el vino que había consumido, y porque había reconocido que estaba un poco torpe, Casey sólo se permitió rozarle la mejilla con los dedos para apartarle un mechón de la cara.

Quiso decirle que se le daba bien escuchar, si ella quería hablar, pero era evidente que ella no quería hablar de los motivos que la habían llevado a recluirse allí.

—Lo de ir de excursión iba en serio —dijo él—. Podríamos pasarlo bien. ¿Qué tal mañana por la mañana? Yo no puedo devolver los muebles a la terraza al menos hasta por la tarde, y no tengo mucho más que hacer. A menos que tú tengas que hacer algo.

Natalie torció levemente la boca.

—No, no tengo nada que hacer —reconoció tras un momento—. Está bien, podemos ir mañana.

—¿Te recojo a las nueve? —dijo él, tratando de contener una sonrisa que podría delatar lo satisfecho que se sentía de su logro.

Natalie asintió.

—Estaré lista.

Casey le acarició la mejilla con la mano, no para retirarle el pelo sino para disfrutar del contacto de su piel.

—Olvídate un rato de tus problemas, diviértete —dijo él—. Cuando llegue el momento sabrás lo que tienes que hacer.

Natalie entrecerró los ojos y retrocedió un par de pasos.

—¿Qué quieres decir? No habrás estado hablando de mí a mis espaldas, ¿verdad?

Casey frunció el ceño. No esperaba que su comentario pudiera ponerle tan a la defensiva.

—Todo lo que sé de ti es lo que tú me has contado, o lo que yo he observado estando contigo —le aseguró él—. Sé que algo te preocupa, y espero que mañana puedas olvidarte de ello y disfrutar de la excursión.

Natalie lo observó durante un momento, y después, con una sonrisa cargada de tristeza, dijo:

—Gracias. Lo intentaré.
Y cerró la puerta.

Natalie se abrochó los cordones de las botas con más fuerza de la necesaria. No es que se arrepintiera de haber aceptado ir a la excursión con Casey. Ella era la primera en reconocer que necesitaba salir del bungalow y respirar un poco de aire fresco, pero lo que le irritaba era haber perdido el control de sí misma la noche anterior. Sin duda había bebido demasiado, algo que no hacía nunca, y por lo visto su expresión la había delatado más de lo que hubiera querido.

Para la excursión se había puesto un suéter blanco de cuello alto con cremallera, pantalones azul marino, un chaleco acolchado rojo y botas de montaña. Con el pelo recogido bajo una gorra de béisbol, decidió que aún era un poco pronto y aprovechó el momento para intentar ponerse en contacto con Beecham.

—Rand Beecham —respondió el hombre al otro lado de la línea.

—Soy Natalie Lofton —dijo ella en tono seco, saltándose todas las cordialidades—. Hace días que no sé nada de usted. ¿Qué ha averiguado?

—Estoy siguiendo varias pistas, señorita Lofton. Pistas muy prometedoras.

—¿Cómo qué?

—Como que hay una mujer en el bufete que de repente tiene mucho dinero.

—Eso lo sé. Todo el mundo lo sabe. ¿Ha averiguado de dónde ha sacado el dinero?

—Aún no puedo demostrar nada, pero tranquila, lo averiguaré. Deme unos días más.

Unos días más para continuar facturándole horas de trabajo que no estaban dando ningún fruto, añadió Natalie para sus adentros, sin querer pensar en el importante anticipo que ya le había entregado al contratar sus servicios.

Ojalá tuviera más experiencia en aquellas cosas, pero en el bufete ella solía ocuparse de asuntos comerciales y empresariales. Contratos, acuerdos prenupciales, quiebras… Contratar detectives no estaba entre sus especialidades.

—Señor Beecham, debo insistir en que necesito resultados ya, o tendré que encontrar a otra persona. Mi trabajo y mi reputación están en el aire hasta que descubra quién me tendió esta trampa. No puedo permitirme esperar mucho más tiempo.

—Lo sé, señorita Lofton. La llamaré en cuanto tenga algo.

A Natalie le habría gustado presionarle más, pero unos golpes en la puerta le avisaron de que Casey había llegado. Despidiéndose de Beecham colgó y fue a abrir, tratando de relajarse y ocultar su frustración.

Casey llevaba pantalones vaqueros y una cazadora también vaquera sobre un jersey gris y zapatillas de deporte.

—Vaya, estás guapísima —exclamó él al verla—. Perfecta para la excursión.

—Gracias —respondió ella con una sonrisa—. La verdad es que hace tiempo que no voy de excursión por la montaña. Esta ropa la compré el año pasado para unas vacaciones que al final se fueron al garete.

—¿Cuánto hace que no tienes vacaciones?

Natalie arrugó la nariz.

—Más de lo que me gusta reconocer.

Riendo, Casey se volvió hacia su coche.

—Entonces vamos a divertirnos.

Natalie se echó la mochila al hombro.

—He preparado algo de comer por si tenemos hambre.

—Yo he traído unas barritas de cereales y botellas de agua —dijo él abriéndole la puerta del copiloto—. ¿Algún lugar especial donde quieras ir? —preguntó cuando se sentó detrás del volante.

—La ruta favorita de Tommy era la que va a las cascadas Ramsey —dijo ella—. De niña me llevó un par de veces, y las cascadas son espectaculares. Según las guías, la dificultad es de moderada a agotadora, y tiene un desnivel de seiscientos metros en seis kilómetros y medio. En total son casi veinte kilómetros, unas cinco horas entre ida y vuelta. Aunque hay otra más fácil…

—Ésa me parece bien —dijo él poniendo el motor en marcha—. Me encantaría ver las cascadas.

Casey no sabía qué era más hermoso: el impresionante paisaje que les rodeaba o Natalie. El sendero avanzaba entre árboles centenarios y hojas marrones y amarillentas que empezaban a cubrir el suelo, con raíces que se asomaban bajo la tierra y rocas que en algunos momentos bloqueaban el paso y era necesario rodear o saltar. Natalie caminaba con la cámara de fotos en la mano.

Después de un rato llegaron a un tronco que cruzaba un pequeño arroyo y Natalie, que iba la primera, se volvió a mirarlo.

—¿Algún problema? —preguntó ella al ver que él se había detenido.

—No, sólo espero que estas botas tengan el agarre que decía en la publicidad —respondió él.

Ella se echó a reír y cruzó la pasarela con cautela.

—Sonríe —le dijo desde el otro lado cuando él estuvo en mitad del tronco que hacía de puente.

Casey se detuvo un momento y se dejó hacer un par de fotos.

—Estos árboles son gigantescos —comentó él unos minutos más tarde, caminando sobre las retorcidas raíces que asomaban bajo la grava del sendero.

Natalie apoyó la mano en la corteza de un árbol que debía tener al menos cuatro metros de diámetro.

—Son tulíperos —dijo ella—. Preciosos, ¿verdad?

—Sí —Casey sacó un par de botellas de agua de la mochila y le ofreció una—. ¿Cuánto crees que hemos caminado?

—Unos cinco kilómetros, diría yo —supuso ella, cerrando la botella y metiéndola en su mochila.

Después hizo unas fotos de los helechos silvestres que crecían entre las raíces leñosas de los tulíperos.

—Natalie —Casey le rozó el codo y señaló una pareja de pavos silvestres que cruzaban el sendero unos metros más adelante.

Rápidamente, ella giró la cámara y tomó un par de instantáneas antes de que los animales se perdieran de nuevo entre los árboles.

—Genial —dijo ella con una sonrisa.

Con naturalidad, Casey le quitó la cámara de las manos y retrocedió unos pasos.

—Ponte delante de esos cerezos negros, entre los dos, ahí —le dijo.

Disparó la foto y después miró la imagen en la pantalla posterior de la cámara.

—Preciosa —comentó con una cálida sonrisa—. Ahora ponte allí, junto al agua.

Natalie sacudió la cabeza, un poco reticente a convertirse en modelo, pero obedeció.

—No he traído la cámara para tener un montón de fotos mías —dijo.

—No sé por qué no —repuso él disparando un par de veces—. Es otro ejemplo más de la belleza natural que nos rodea.

Natalie hizo una mueca y le quitó la cámara con una sonrisa. Continuaron avanzando por el sendero montaña arriba y ella se abrochó el chaleco. A medida que subían, la temperatura se hacía más fresca.

Casey pasó con cautela sobre un grupo de rocas mojadas y resbaladizas y le ofreció la mano para ayudarla a cruzar.

—Me alegro de que hayamos venido de excursión —dijo él.

—Yo también —dijo ella tomando la mano que él le ofrecía con naturalidad y sintiendo el calor que le transmitía—, aunque no estoy muy en forma. Llevo dos años sentada muchas horas delante del ordenador y acudo poco al gimnasio.

Hubiera sido un buen momento para preguntarle sobre su vida, pero Casey decidió dejarlo para otra ocasión. Lo único que deseaba en aquel instante era disfrutar de la excursión y de la compañía de Natalie, y tenía la casi plena certeza de que ella también deseaba lo mismo.

—A mí me parece que tienes una forma preciosa —dijo él mirándola de arriba abajo y ganándose otro gruñido, y otra leve sonrisa.

—Aun no me has soltado la mano —dijo ella.

Él le apretó los dedos.

—Lo sé, es una mano preciosa.

Entrelazando los dedos con los de él, ella dijo:

—Estás coqueteando conmigo.

—Vaya, esta vez te has dado cuenta —sonrió él.

Natalie lo miró con los ojos entornados y a él se le aceleró el pulso.

—Antes también me he dado cuenta.

Ahora Casey estaba muy cerca de ella, con los labios a pocos centímetros de su boca.

—¿Y te gusta?

Con una risa grave y sensual, Natalie se soltó de él y se alejó un par de pasos, sin dejar que la cosa fuera a más.

—Sigamos —dijo echando a andar de nuevo por el camino.

Sonriendo, Casey la siguió.

El sendero se hizo más rocoso y empinado, y por fin llegaron hasta el final. Era exactamente como Natalie había sugerido.

—¡Oh, es espectacular! —exclamó Casey levantando la voz para hacerse oír por encima del ruido del agua al precipitarse por el importante desnivel.

—Te lo había dicho.

Las cascadas, formadas por dos arroyos que se en-

contraban en la parte superior del desnivel montaño-
so, caían unos treinta metros sobre una serie de sa-
lientes rocosos hasta la base de aguas cristalinas.

—Las veces que vine aquí de niña no me costó tanto recuperar el aliento —dijo Natalie dejándose caer en
una roca, agotada tras el ascenso—. Y no creas que no
me he dado cuenta de que tú ni siquiera estás jadeando.

Casey se encogió de hombros.

—Últimamente he hecho mucho trabajo manual.

—Por no mencionar que tienes cuatro años menos
que yo — refunfuñó ella.

Riendo, él se sentó junto a ella en la roca.

—Como si eso importara —comentó, mirándola
sin ocultar su admiración.

Comieron en silencio, disfrutando del ruido de las
cascadas, del aire fresco y puro, del espectacular paisaje y de su mutua compañía. Después, más descansa-
dos, hicieron más fotos de las cascadas, turnándose
con la cámara. Cuando estaban preparándose para iniciar el descenso, Natalie resbaló y cayó con todo su
peso sobre la cadera derecha. Casey intentó sujetarla
a tiempo, pero no fue lo bastante rápido.

—¿Estás bien? —preguntó preocupado agachándose junto a ella.

Totalmente avergonzada, Natalie asintió y buscó la
gorra de béisbol que se había caído al suelo.

—Estoy bien, sí —le aseguró llevándose una
mano a la cadera dolorida—. Aunque mucho me
temo que esto me va a dejar un buen cardenal.

Casey dejó la cámara en una roca, la sujetó por el
brazo izquierdo y la ayudó a ponerse en pie. Natalie se

puso de nuevo la gorra un poco ladeada, y él se la colocó recta, apartándole los mechones rubios de la cara. El gesto lo acercó a ella, y Natalie echó la cabeza hacia atrás para mirarlo por debajo de la visera. Inmóvil, lo vio recorrerle la mandíbula con la punta del dedo, limpiando un poco de arena y tierra.

—Seguro que creías que iba a ser yo el primero en tener un accidente —bromeó él con la esperanza de hacerla sonreír de nuevo.

Y lo consiguió.

—Supongo que los dos somos un poco patosos.

Casey se echó a reír.

—Puede.

—Claro que la excursión aún no ha terminado. Aún tienes tiempo de tener uno —le recordó ella.

—Efectivamente. La verdad es que a veces tiento demasiado a la suerte —reconoció él, todavía con la mano en la cara femenina. Abrió los dedos y le tomó la mejilla con la palma—. Y eso a veces me mete en líos.

Natalie dejó escapar una risa grave y sensual.

—Ya lo veo.

—A veces merece la pena —murmuró él bajando la cabeza. Sosteniéndole la mirada, añadió—: Aún no has respondido a mi pregunta de antes.

—¿Qué pregunta? —preguntó ella, echando la cabeza hacia atrás.

—La de si te gusta que coquetee contigo —dijo él—. Porque si no te gusta, no lo haré.

Natalie se encogió de hombros levemente.

—No hace falta. Me gusta.

Divertido por el tono indiferente, Casey dijo:

—A ver si lo adivino. Soy una distracción agradable.

—Se podría decir así.

Sonriendo, Casey habló sobre sus labios.

—No tengo nada en contra de eso.

Capítulo 6

RACIONALMENTE, Natalie sabía que era peligroso. El momento era de lo más inoportuno, y lo suyo no eran los romances de vacaciones, pero lo cierto era que besar a Casey era fantástico. Tanto como había imaginado, o más.

—¿Me vas a empujar al agua? —preguntó él sin dejar de mirarla a los ojos.

Natalie le deslizó una mano por la nuca.

—Quizá mas tarde —dijo, y lo acercó a ella.

Casey sonrió un momento contra los labios femeninos, hasta que el beso se intensificó cambiando totalmente la sensación del momento. A Natalie se le aceleró la respiración, pero esta vez no se debía al cansancio ni a la altitud. La reacción se debía única y exclusivamente a Casey.

El sonido de unas voces mezcladas con el ruido

del agua al caer los interrumpió, y rápidamente se separaron. Frotándose el muslo dolorido, Natalie miró hacia el sendero justo cuando aparecían dos parejas de unos veinte años hablando y riendo despreocupadamente. Los recién llegados les saludaron con la cabeza y continuaron hacia las cascadas. Natalie y Casey intercambiaron una mirada, y en silencio echaron a andar sendero abajo.

El viaje de vuelta al bungalow lo hicieron en agradable silencio, intercambiando miradas y sonrisas, y hablando de lo bien que lo habían pasado, de la belleza de la ruta y de lo espectacular de las cascadas. Ninguno de los dos mencionó los besos compartidos, pero Natalie estaba segura de que Casey los tenía tan en mente como ella.

Casey aparcó delante del bungalow y apagó el motor.

—Devolveré los muebles a la terraza antes de irme.

—Te ayudaré.

Acababan de colocar la última silla cuando Casey miró hacia el bosquecillo y sonrió.

—El perro ha vuelto. ¿Quieres traer agua y el cuenco para la comida que le compré?

—Ahora mismo —dijo ella, que casi se había olvidado del perro.

El animal esperaba junto a unos arbustos, observándolos con cautela, aunque sin la desconfianza de los días anteriores.

Cuando dio cuenta del pienso que le habían dado, el animal movió la cola agradecido. Casey y Natalie se miraron.

—Creo que está empezando a confiar en nosotros —dijo él agachándose en el suelo y tendiendo la mano hacia el perro.

Éste movió la cola un par de veces más, y se acercó a olisquear la mano antes de dar media vuelta y alejarse de nuevo hacia el bosque.

—Me parece que sólo tiene que aprender a confiar un poco más en mí —comentó Casey poniéndose en pie—. Le daré un par de días, y entretanto preguntaré a Kyle si sabe de alguien que esté interesado en adoptarlo.

—Está oscureciendo —dijo ella, dándose cuenta de que ya era prácticamente la hora de cenar y que estaba hambrienta—. Si quieres, puedo calentar el pollo con patatas de mi tía.

—Estupendo —dijo él volviéndose con ella hacia la casa, cada uno con uno de los cuencos que habían usado para el agua y la comida del perro—. Tengo que lavarme las manos. Nuestro perro necesita un baño.

¿Nuestro perro? Aquello sonaba un poco demasiado hogareño para ella, aunque estaba segura de que Casey no lo había dicho en ese sentido.

Durante la cena hablaron de las cosas que Casey tenía pensadas hacer durante la semana, desde limpiar las ventanas a instalar el jacuzzi en la terraza, y Natalie sintió envidia al verlo tan atareado.

—Me gusta estar ocupado —dijo él—. ¿Qué tal la búsqueda de trabajo?

Natalie respondió sin mirarlo a los ojos.

—Estoy esperando algunas respuestas —dijo sin especificar más ni querer entrar en detalles.

—Ya. Espero que encuentres algo pronto.

—Sí, yo también. ¿Quieres otro café?

Casey negó con la cabeza.

—No, gracias. Será mejor que me vaya.

Natalie se levantó y no pudo reprimir una mueca de dolor. A Casey no le pasó desapercibida.

—¿Te duele la cadera?

Ella negó con la cabeza.

—Sólo un poco, es por la caída. Pero no es nada, sólo un cardenal.

—Seguro que no te importaría tener ese jacuzzi ya instalado —bromeó él.

Ella sonrió.

—Seguramente me sentaría fenomenal, pero supongo que tendré que conformarme con un baño de agua caliente.

Casey le había seguido hasta el fregadero con su plato y los cubiertos usados. Cuando ella se volvió, vio que lo tenía justo a su lado, tan cerca que casi se tocaban, con los ojos clavados en ella.

—¿Me darás una bofetada si te digo que no me importaría compartir un jacuzzi contigo alguna vez? —preguntó él, entre serio y enigmático.

—Yo no doy bofetadas —respondió ella con la voz ronca—. Doy puñetazos.

—Claro —dijo él riendo. Poniéndose serio, le acarició la comisura de los labios con el dedo—. ¿Te he dicho lo mucho que me gustan estos hoyitos?

—Estás coqueteando otra vez.

Casey sonrió.

—Tengo permiso.

Natalie apoyó una mano en su pecho.

—Sí, lo tienes.

Casey la besó sin prisas, largamente, hasta que por fin se separó unos centímetros y la miró a los ojos.

—Seguro que estás cansada —dijo—. Será mejor que me vaya.

Aunque en ese momento ella hubiera deseado retenerlo un rato más, Natalie se humedeció los labios y asintió con la cabeza.

—Será mejor, sí.

Lo acompañó a la puerta y lo observó alejarse hasta el coche. Cuando por fin el coche se perdió por el sendero, se llevó una mano a los labios, sintiendo como si la hubiera besado de nuevo sólo con la mirada.

Casey Walker estaba resultando ser una distracción. Mucho más de lo que ella había planeado.

Todavía era relativamente pronto y, después de despedirse de Natalie, Casey decidió acercarse a hablar con Kyle. Cuando llegó a su casa, Molly le abrió la puerta y le invitó a pasar.

—Kyle le está leyendo un cuento a Olivia —le informó—. Bajará en cuanto termine. ¿Qué tal la excursión?

—Lo hemos pasado muy bien —respondió Casey sentándose en el salón frente a su prima—. Es un paisaje precioso. ¿Has estado en las cascadas?

—Sí, fui una vez con Kyle. Son espectaculares.

—Sí, desde luego la marcha merece la pena.

—¿Lo ha pasado bien Natalie?

—Eso creo.

—Bien. Se merece divertirse un poco. Está siempre tan triste —observó Molly.

Sí, Casey se dio cuenta de que tristeza era la palabra que mejor definía el estado de ánimo de Natalie.

—Me alegro —continuó Molly—, y espero que encuentre un trabajo pronto. No sé qué pasó exactamente, pero Jewel siempre hablaba del buen trabajo que tenía su sobrina en uno de los mejores bufetes de Nashville. Tuvo que ser algo muy duro para que ella se lo haya tomado tan mal.

A pesar de que se había prometido no hacer preguntas, Casey no pudo contenerse.

—Un momento, ¿Natalie trabajaba en un bufete de abogados? ¿Como abogada?

—Sí, es abogada, como tú. Creía que lo sabías.

—No —dijo él—. No, no lo sabía.

—Oh —Molly se mordió el labio—. A lo mejor no quería hablar de eso, y menos contigo, sabiendo que tú también trabajas en un buen bufete y...

—Natalie y yo no hemos hablado de trabajo, y no creo que ella sepa a qué me dedico —dijo Casey pasándose una mano por los cabellos con gesto preocupado—. A menos que tú se lo hayas dicho.

—No, nunca ha salido el tema.

—O a menos que su tía lo haya mencionado...

—No, Jewel no sabe a qué te dedicas —le aseguró Molly con el ceño fruncido—. Dijiste que durante tu estancia aquí no querías hablar de trabajo, así que no lo he mencionado con nadie.

—O sea, que Natalia no lo sabe.

—No, seguramente no. Al menos por mí.

—Pues prefiero que siga siendo así.

Molly arqueó las cejas.

—¿No quieres decírselo?

—No quiero que se entere por otra persona —le corrigió él—. Si ha perdido su puesto de trabajo y eso la ha afectado, no creo que le apetezca mucho saber que quien cree ser el encargado de mantenimiento del complejo es un abogado que trabaja con un importante bufete de Dallas.

—Vale, como quieras.

—Gracias.

— Hablando de tu trabajo, y no me refiero al de mantenimiento...

—No empieces tú también—le advirtió Casey con gesto serio.

Molly parpadeó con falsa inocencia.

—¿Empezar con qué?

—Con que vuelva al trabajo. Mi madre me llama todas las mañanas, mi padre todas las tardes, Jason, Aaron y Andrew se van turnando y prácticamente todas las tías han llamado al menos una vez desde que llegué. Los únicos que no parecen preocupados por mis largas vacaciones son mis jefes en el bufete.

—Tus jefes esperan que las vacaciones te ayuden a reflexionar, aclararte y volver al trabajo en la mejor forma. Saben que contigo tienen una mina de oro, y no quieren desprenderse de ti tan fácilmente. Pero no puedes reprochar a la familia que se preocupen por ti —continuó ella—. Lo que más les preocupa en este momento es que hayas perdido la confianza en ti mismo.

Casey se encogió de hombros. Probablemente Molly estaba en lo cierto. Tanto ella como su madre tenían un talento especial para no andarse por las ramas e ir directamente al grano.

—¿Y tú? ¿Qué piensas tú?

—No creo que la hayas perdido —respondió ella tras pensarlo un momento—. Todos los abogados pierden casos importantes alguna vez, y lo sabes. Por mucho que te prepares, por mucho que creas a tu cliente, por mucho que te esfuerces para ganar, algunas veces tienes que perder. Creo que ese caso te molestó especialmente, sobre todo porque era un caso muy publicitado, pero no creo que destruyera la confianza en ti mismo. En cuanto a la ruptura con Tamara —continuó su prima—, tampoco creo que te haya afectado tanto. Cuando me lo contaste, parecías más aliviado que molesto, en el fondo eres demasiado buena persona para reconocer, incluso ante ti mismo, que te alegraste de que se acabara después de tanto tiempo juntos.

Casey se movió incómodo en el sofá. Quizá Molly fuera demasiado perceptiva. Hasta hacía poco había sido incapaz de reconocer que la ruptura con Tamara había supuesto un alivio. Llevaba tanto tiempo tratando de hacerla feliz y mantener su relación, que no se había detenido a pensar si eso era lo que realmente quería.

Molly aún no había terminado.

—Creo que lo que de verdad te hizo cuestionarte el camino que has seguido fue lo sucedido con Ian Duvall —dijo ella—. Pero tú no lo sentaste detrás del volante aquel día.

A Casey se le hizo un nudo en la garganta, y cuando por fin habló, lo hizo casi sin voz.

—Prácticamente como si lo hubiera hecho.

Molly le puso una mano en la rodilla.

—No. Tú hiciste tu trabajo. Conseguir que lo declararan inocente de las acusaciones anteriores.

Casey tragó saliva.

—Sabía que era culpable.

—Hiciste tu trabajo —repitió ella con firmeza—. No te correspondía a ti decidir si era culpable o inocente, eso le corresponde al jurado. Y ellos decidieron declararlo inocente.

—Porque yo hice muy bien mi trabajo —repitió él con las mandíbulas apretadas.

—Exacto. El hecho de que él eligiera ponerse al volante yendo tan borracho menos de un año después de ser declarado inocente gracias a tu defensa no tenía nada que ver contigo —Molly le dio una palmadita en la rodilla—. Necesitabas estas vacaciones. Necesitabas una oportunidad para pensar, y Dios sabe que ahora mismo tu ayuda nos viene fenomenal. Así que no dejes que nadie te haga cuestionar lo que haces, ¿vale? Haz lo que tengas que hacer.

Molly sabía lo que era seguir su propio camino. Ante la consternación de toda la familia, su prima había dejado el rancho familiar y el trabajo de profesora en Dallas para mudarse a Gatlinburg con Kyle, dando un cambio radical a su vida.

Quizá por eso, él había decidido refugiarse allí. Molly había dejado a toda la familia perpleja con su decisión, pero Casey estaba seguro de que no se había arrepentido ni un solo día de haberla tomado.

«Haz lo que tengas que hacer».

Parecía bastante sencillo. Ahora sólo tenía que adivinar qué era lo que tenía que hacer.

Natalie estaba al teléfono hablando con Amber a la mañana siguiente cuando oyó el coche de Casey detenerse delante del bungalow. Involuntariamente se le aceleró el pulso, pero hizo un esfuerzo para concentrarse en la llamada.

—O sea, que Cathy se ha comprado ropa nueva.

—Ha renovado todo su vestuario, sin olvidar trajes de diseñadores exclusivos, sin duda carísimos.

—¿Y no ha dicho de dónde ha sacado el dinero?

—No. Cuando le preguntas, suelta una risita y dice que ha encontrado una nueva fuente de ingresos, sin dar más explicaciones —le dijo Amber—. ¿Y si esa nueva fuente de ingresos es vender información de los clientes a la prensa amarilla? —sugirió su antigua ayudante.

—Lo que no me encaja es que no lo oculte. Que lo muestre tan abiertamente.

—Por favor —dijo Amber—. ¿Es que no la conoces? Es tan tonta que seguro que cree que nadie se ha dado cuenta.

—¿Alguien se ha dado cuenta? Me refiero a los jefes, no a las secretarias.

Amber titubeó un momento.

—Pues… no lo sé. No sé, y si se han dado cuenta, nadie ha dicho nada. Desde luego, ella sigue trabajando aquí.

Natalie suspiró por la frustración.

—Y supongo que desde que me fui no ha habido más filtraciones de información.

—No —confirmó Amber con tristeza—. Las filtraciones terminaron el día que saliste por la puerta.

—Lo que me hace parecer aún más culpable —suspiró Natalie—. Bueno, sé que tienes que volver al trabajo, Amber. Gracias por llamar, y no te arriesgues demasiado por mí —le pidió antes de despedirse.

Natalie marcó el número de Beecham, pero sólo consiguió hablar con su buzón de voz, lo que la irritó profundamente. Tirando el teléfono a un lado, se frotó las sienes. Unos suaves golpes la hicieron levantar la cabeza y sus ojos se encontraron con los de Casey a través de la puerta acristalada que daba a la terraza.

Al ver su expresión de preocupación, forzó una sonrisa y fue a abrir la puerta.

Capítulo 7

ESTÁS bien? —preguntó él sin darle tiempo a hablar.

—Sí, estoy bien. Me duele un poco la cabeza.

Él no pareció muy convencido, pero Natalie no quería hablar de ella.

—¿Necesitas algo? —preguntó para cambiar de tema.

—Sí. Los cuencos del perro.

—¿Ha vuelto?

—Sí.

—Más temprano que de costumbre.

—Supongo que tiene hambre.

—Iré a por los cuencos.

El perro estaba esperando junto al bosquecillo, no muy lejos del bungalow, y movió la cola cuando vio a Casey y a Natalie dirigirse hacia él con los cuencos en la mano. El animal comió parte de la comida y bebió un poco de agua, y después se quedó donde estaba sin moverse, sólo mirándolos.

—No parece estar tan hambriento como los otros días —observó Natalie.

—Quizá sólo quería asegurarse de que tendríamos comida para él —dijo Casey divertido.

Dejándose llevar por un impulso, Natalie se arrodilló y estiró la mano.

—Hola, Colega —dijo usando el mismo apodo que Casey siempre utilizaba con el perro—. ¿Ya te has dado cuenta de que no queremos hacerte daño?

Entonces el perro se levantó, caminó hasta ella, le olisqueó los dedos y después le lamió la mano.

—Vaya, parece que estaba esperándolo —dijo Casey—. ¿Llevas algún perfume de ternera o algo así?

Natalie acarició la sucia cabeza del animal, que empezó a mover la cola más rápidamente.

—Creo que no se da cuenta de que no me gustan mucho los perros —murmuró sin demasiado convencimiento.

—Pues me temo que le estás convenciendo de lo contrario —dijo Casey arrodillándose junto a ella y tendiéndole la mano al perro.

Éste le olisqueó, pero enseguida concentró toda su atención en Natalie.

—¿Qué edad crees que tendrá?

—No sé, quizá un año o año y medio.

—¿Crees que se habrá perdido? —preguntó ella—. ¿Alguien lo estará buscando?

—Es posible, pero no lleva collar. Así que lo más probable es que lo hayan abandonado.

—¿Se lo has mencionado a Kyle y a Molly? —preguntó ella.

—Todavía no. Quería ver si puede ser una buena mascota, y desde luego ahora creo que sí.

Los dos se levantaron y echaron a andar hacia la casa mientras el perro se tumbaba en el suelo y cerraba los ojos.

—Aunque seguro que es mucho más fácil encontrarle dueño después de un baño —añadió Casey.

En la terraza, Natalie miró la escalera y la caja de herramientas de Casey y se ofreció a ayudarle. No le apetecía nada volver a entrar en la casa ni enfrentarse de nuevo a un ordenador del que estaba obteniendo tan poca ayuda. Ni tampoco quería pensar en la posibilidad de que se le agotaran los ahorros antes de limpiar su nombre y encontrar otro trabajo.

Cuando entró a buscar los guantes y algo de abrigo, el perro se acercó al bungalow y allí permaneció el resto del tiempo, como si hubiera encontrado un hogar.

Si alguien le hubiera preguntado, Natalie no habría podido explicar cómo terminaron Casey y ella visitando el acuario que había en el centro de Gatlinburg aquella misma tarde. Ni siquiera estaba segura de cuál de los dos lo había mencionado primero, aunque fue Casey quien sugirió la visita cuando ella reconoció que le encantaban los acuarios y que no le importaría tener uno en su casa. Por eso a él no le costó nada convencerla.

Más tarde, Natalie se alegró de haber aceptado. Mucho. Los dos pasaron prácticamente las dos horas riendo y bromeando con los peces que nadaban en los distintos depósitos del acuario, e incluso acariciando las rayas que se deslizaban por la enorme pecera abierta al público en una de las salas.

Cuando salieron del acuario con una bolsa llena de recuerdos que Casey insistió en comprarle, una taza con el dibujo de una raya, una camiseta con el logotipo del acuario y un tiburón de peluche, pasearon por el centro de Gatlinburg, cuyas calles empezaban a llenarse de la iluminación y los adornos propios de las fiestas navideñas, a pesar de que todavía faltaban un par de semanas para el Día de Acción de Gracias y más de un mes para las navidades.

—¿Te apetece dar un paseo por el río? —preguntó él.

—Me encantaría —aceptó Natalie.

Con total naturalidad, Casey le tomó la mano al pasar bajo un arco de luces en el puente que llevaba desde el acuario al paseo que avanzaba por el margen del río. Natalie entrelazó los dedos con los suyos y los dos caminaron uno junto al otro, casi rozándose.

—La visita al acuario ha sido muy divertida e interesante —murmuró él rompiendo el agradable silencio en que se habían sumido.

—Sí —dijo ella—. Hacía mucho tiempo que no iba a un acuario.

—Parece que hace mucho que no haces un montón de cosas —observó él.

—Me temo que los últimos años he estado trabajando demasiado —reconoció ella—. Ya sabes cómo es.

—Sí, lo sé perfectamente.

Casey parecía esperar a que ella dijera algo más, y

Natalie se dijo que era la oportunidad perfecta de sincerarse con él, pero no lo hizo. En parte porque no quería estropear la velada y, sobre todo, porque no quería que él conociera las acusaciones que se habían hecho contra ella. No quería ver la expresión de su rostro al plantearse la posible veracidad de las mismas.

—Hoy hemos avanzado mucho —dijo él tras otro silencio, al ver que ella no hacía más comentarios sobre su trabajo y su vida anterior.

—Sí, me ha encantado. Y me encanta poder ayudar a mis tíos. Ellos han sido muy generosos conmigo, dejándome utilizar el bungalow durante el tiempo que esté aquí —dijo ella.

—Sí, es bueno poder contar con la familia cuando los necesitas.

Natalie no estaba segura de si Casey estaba tratando de sonsacarle información, pero si era así, no picó.

—Es bueno que tus padres y sus hermanos hayan seguido en contacto a lo largo de los años —comentó ella—, no como mi padre y los suyos.

—En realidad, mi padre y su hermano gemelo fueron separados de sus hermanos desde pequeños —le contó él—. Eran siete hermanos, pero cuando quedaron huérfanos quedaron bajo la tutela de los Servicios Sociales y fueron acogidos por diferentes familias. El mayor, mi tío Jared, tenía once años, y mi padre y Ryan siete. Estuvieron veinticuatro años sin verse.

Intrigada, Natalie se detuvo para mirarlo.

—No sabía nada —dijo francamente sorprendida—. Molly no ha mencionado nada, y todos parecéis muy unidos.

—Volvieron a encontrarse hace veinticinco años, y

desde entonces han sido más o menos inseparables. Todos menos mi tía Lindsey, que vive en Arkansas, viven en Dallas y los alrededores. Aunque Lindsey no se pierde ni una sola celebración familiar.

—¿Alguno de ellos fue adoptado? —preguntó Natalie, que estaba fascinada con la historia.

—Michelle, la penúltima. Tenía un año cuando se quedó huérfana y fue adoptada por un matrimonio de Dallas muy rico. Siempre supo que era adoptada, pero no que tenía hermanos. Se enteró cuando su madre adoptiva murió, y entonces contrató a un detective privado, Tony D'Alessandro, para encontrar a sus hermanos. Meses más tarde se casó con él, mi tío Tony, padre de cuatro de mis primos.

Un detective privado. Hubiera podido ser un buen momento para mencionar que ella también estaba utilizando los servicios de un detective privado, pero Natalie apartó la idea de su mente y se concentró en la historia de Casey.

—¿Y los otros hermanos? ¿También fueron adoptados?

—No. Jared y Layla, los dos mayores, estuvieron en distintas casas de acogida hasta la mayoría de edad. Mi padre y Ryan también pasaron por varios hogares, pero... —Casey suspiró—. Supongo que eran unos niños bastante difíciles. Les habían separado de sus hermanos y estaban furiosos. Su rebeldía...

—Me lo puedo imaginar —murmuró ella irónicamente, pensando que Casey había heredado parte del temperamento de su padre.

No en vano era uno del «trío terrible» de la familia Walker, él mismo se lo había dicho.

Casey se echó a reír.

—Sí, me han dicho muchas veces que he salido a ellos. Igual que Aaron y Andrew.

Haciendo una serie de rápidos cálculos mentales, Natalie dijo:

—Antes has dicho que eran siete hermanos, pero sólo has mencionado a seis. ¿No encontraron al otro?

—Miles murió en un accidente de tráfico unos años antes de que volvieran a encontrarse.

—Oh, qué triste —dijo ella.

—Para todos fue muy duro, sí, a pesar de que apenas se habían conocido —reconoció Casey—, pero años más tarde descubrieron que había tenido una hija, Brynn, que se puso en contacto con la familia casi por casualidad, pero eso es otra historia. Ahora además de Walker es D'Alessandro. Está casada con Joe, el hermano pequeño de Tony.

Natalie sacudió la cabeza.

—¿Cómo puedes acordarte de todos?

—Es la historia de mi familia —le recordó él—. La hemos oído un montón de veces.

—¿Y Molly? ¿De quién es hija?

—De Jared, el mayor. Que también tiene otro hijo, Shane, de un matrimonio anterior.

—Las familias a veces pueden ser complicadas, ¿verdad? —murmuró ella, pensando en su familia.

—Y que lo digas —Casey volvió la cabeza hacia atrás—. ¿Lista para volver?

Natalie dirigió una última mirada a las luces que se reflejaban en las tranquilas aguas del río y suspiró ligeramente.

—Supongo.

Casey se inclinó para robarle un beso antes de echar a andar de nuevo. Ella le ofreció la boca gustosa, incluso con ansiedad. ¿Cómo podía resistirse en un lugar tan romántico?

Pasándole un brazo por los hombros, Casey la pegó contra él y juntos caminaron lentamente de regreso hacia el coche. Achacándolo a la fría brisa del atardecer, Natalie se acurrucó contra él y absorbió su calor.

Ya era noche cerrada cuando Casey aparcó delante del bungalow de Natalie y se volvió a mirarla.

—Lo he pasado muy bien.

—Yo también.

—¿Qué vas a hacer mañana?

Natalie se encogió de hombros.

—Leer, quizá. Contestar algunos correos pendientes. Quizá vaya a Gatlinburg a hacer algunas compras.

—¿Seguro que no quieres venir con nosotros? —insistió Casey una vez más.

Durante el trayecto de vuelta, la había invitado a ir con él, Molly y Olivia a Dollywood, el parque de atracciones, pero ella declinó la invitación de nuevo.

—Te echaré de menos —dijo él con la voz enronquecida.

Sorprendida, Natalie no supo cómo responder y dijo:

—Eres muy amable.

—No lo he dicho por amabilidad —murmuró él inclinándose hacia ella—. Lo digo en serio. Te echaré de menos.

Con los ojos clavados en los de él, Natalie apoyó una mano en el pecho masculino.

—Yo también te echaré de menos —reconoció—, y debo decir que eso me preocupa un poco.

Los labios masculinos esbozaron una sonrisa.

—Permite que te tranquilice —murmuró, y la besó antes de que ella pudiera responder.

Natalie le deslizó una mano por el cuello y devolvió el beso. Él se apretó contra ella y ella pensó fugazmente que aquello mismo habría sido mucho más difícil en su coche, que era más pequeño. El todoterreno, sin embargo, les permitía una mayor cercanía e intimidad, y Casey supo aprovechar la oportunidad, pegándola tanto a él que casi la tenía sentada en el regazo.

Ladeó la cabeza y la besó de nuevo, acariciándola con la lengua, mordisqueándole el labio. El beso se hizo más intenso, y el abrazo también. Las manos se movieron libremente, explorando, acariciando, y la respiración se hizo más rápida y entrecortada. Natalie no sabía si los latidos que resonaban en sus oídos eran suyos, de Casey, o un dueto de ambos.

Por fin, él se apartó con un ronco gemido.

—Hace tiempo que no besaba a una chica en un coche —murmuró—. No te voy a mentir, sigue estando bien, pero quizá un poco más incómodo y raro de lo que me parecía antes.

Siempre sabía hacerla sonreír, pensó ella, y ésta vez también lo consiguió. Mirándolo a los ojos se apartó un mechón de pelo de la cara y, tras un breve titubeo, dijo:

—Quizá deberíamos entrar.

Los ojos masculinos brillaron en la penumbra del coche, dejando muy claro que era perfectamente consciente de lo que ella estaba sugiriendo. También ella sabía que no quería volver a entrar sola en el bungalow y pasar otra noche dando vueltas en la cama, obsesionada con sus problemas. Con Casey podría olvidarlo todo, y a él no parecía importarle ser una distracción…

—No puedo —dijo él con un suspiro.

Natalie parpadeó con incredulidad.

—Hmm, ¿no puedes?

Casey negó con la cabeza.

—Le dije a Molly que pasaría a recogerlas temprano.

Frunciendo el ceño, Natalie estudió el rostro masculino.

—Es la excusa más tonta que he oído en mi vida.

Casey suspiró.

—Lo sé. Es que… no quiero hacer nada precipitado —confesó—. Todavía hay muchas cosas que no sabemos el uno del otro.

—No te estaba pidiendo en matrimonio —le espetó ella, humillada por el rechazo.

—Lo sé —dijo él, que lo que menos deseaba era ofenderla—. Estabas buscando una distracción —añadió repitiendo el mismo término que había utilizado ella anteriormente.

Natalie se encogió de hombros.

—Es lo único que puedo considerar en este momento —admitió ella—. Ahora mismo mi vida es un caos y no puedo pensar en nada más. Pero si no te interesa…

Casey la sujetó por el brazo cuando ella se movió hacia la puerta.

—Sabes perfectamente que me interesa.

Natalie lo miró a los ojos y se dijo que seguramente al día siguiente se alegraría de que él no hubiera aceptado la invitación, pero le irritaba que alguien tomara una decisión por ella, y más que lo hiciera «por su propio bien».

—Será mejor que me vaya —dijo sin alzar la voz.

Casey le recorrió el brazo con los dedos, como si no quisiera soltarla.

—¿Puedo llamarte mañana?

Recordándose que era demasiado mayor para hacer un mohín, Natalie asintió.

—Sí, de acuerdo. No te molestes en acompañarme a la puerta —añadió, cuando él fue a abrir la suya.

—Como quieras —accedió él—. En ese caso hablaremos mañana. Que duermas bien, Natalie.

Cerrando la puerta del coche, Natalie tuvo la sospecha de que Casey sabía que no era probable que durmiera bien aquella noche. Pero le tranquilizó saber que probablemente a él también le costaría conciliar el sueño y que pasaría la noche dando vueltas en la cama pensando en ella.

Capítulo 8

A LA mañana siguiente, Natalie salió con el café a la terraza. El aire era fresco, pero se puso una cazadora sobre el jersey y los vaqueros, y se sentó en una mecedora, desde donde contempló la magnífica vista ante sus ojos. Las nubes ocultaban las cimas de las montañas, envolviéndolas en una especie de humareda gris que sin duda era lo que había dado nombre a la cordillera.

Tenía todo el día por delante. Podía meterse en el ordenador y tratar de descubrir algo más sobre los nombres de su lista de sospechosos; o también acercarse al pueblo a hacer la compra. O...

Miró pensativa a la escalera apoyada en un lateral del bungalow.

Casey había dicho que su siguiente tarea sería limpiar los cristales de las ventanas, y ahora pensó que podría hacerlo ella. ¿Por qué no? Así volvería a sentirse útil.

Armada con un par de rollos de papel de cocina, un cubo con agua y detergente y los guantes de conducir que había estado utilizando para trabajar, apoyó la escalera delante de la primera ventana.

Apenas llevaba unos minutos encaramada a la escalera cuando se dio cuenta de que no estaba sola.

—Hola, Colega —dijo al perro vagabundo que había aparecido de repente como de la nada.

El animal, sentado a pocos metros de ella, movió la cola y pareció sonreírle en respuesta.

—Te traeré agua y comida.

Esta vez la dejó acercarse cuando dejó los bártulos en el suelo y permaneció arrodillada no muy lejos de él mientras el animal daba cuenta de parte de la comida y bebía unos cuantos lametazos de agua. Después, en un gesto que la emocionó profundamente, el animal se acercó a ella y le apoyó la cabeza en la rodilla, a la vez que la miraba con auténtica devoción e intensidad.

—De nada —dijo ella con sinceridad, dándole unas palmaditas en la cabeza—. Oye, ahora que lo pienso, no te vendría mal un baño. Supongo que no me dejarás darte una ducha mientras limpio las ventanas.

Cuando ella volvió a subirse a la escalera y se puso manos a la obra, el perro se sentó junto al pie de la misma.

Durante casi una hora, Natalie estuvo frotando los cristales con agua y jabón y aclarándolos con potentes chorros de agua de la manguera. Cada vez que abría el grifo, Colega trataba de mordisquear el chorro, saltando y ladrando como loco. Natalie disfrutaba viéndolo tan contento.

Cuando por fin decidió tomarse un descanso, se sentó en las escaleras del porche. Colega, agotado y jadeando, se sentó a su lado, junto a su pierna.

—Parece que va a llover, ¿eh? —comentó ella en voz alta, hablando con el animal como si fuera una persona—. ¿Dónde te refugias cuando llueve, Colega? ¿Debajo de un árbol?

Colega la miró y bostezó ampliamente.

—Sí, vale, pero en invierno hace mucho frío. Y también nieva. No creo que sobrevivas a todo un invierno solo, sin casa y sin comida en las montañas. Necesitas un hogar.

El perro batió la cola y le acercó la cabeza para que le rascara.

—Yo no puedo tenerte —le aseguró ella con firmeza—. Vivo en un bloque de apartamentos donde sólo permiten gatos. Ya sé que es una discriminación, pero así son las cosas. Pero no te preocupes, seguro que Casey te encontrará un hogar, ¿vale? Con una buena familia que te dé de comer y un lugar calentito para dormir.

Sintiéndose como una tonta por estar hablando con un perro, Natalie se levantó y continuó con los cristales. Acomodándose en el suelo junto a las escaleras, el perro apoyó la cabeza en las patas delanteras y cerró los ojos.

Cuando terminó con las ventanas, poco después de mediodía, se echó hacia atrás y admiró su trabajo.

Como antes, Colega no dejó de seguir con interés el chorro de agua de la manguera cada vez que Natalie abría el grifo para aclarar los cristales. El perro, sentado sobre las patas traseras y con las orejas levantadas, parecía estar a punto de abalanzarse sobre el chorro, y Natalie sonrió.

—¿Quieres jugar con el agua? —le preguntó.

El animal ladró.

Natalie abrió la manguera, y Colega intentó morder el chorro de agua con los dientes. Natalie se echó a reír, abriendo y cerrando la manguera para continuar el juego.

—Enseguida vuelvo. No te vayas —dijo de repente al darse cuenta de que era su oportunidad para darle un baño.

Sin perder ni un minuto, Natalie entró en el bungalow y salió con una botella de champú y unas toallas.

El baño la dejó casi tan empapada como al perro, pero el animal no se resistió. De hecho, pareció disfrutar con todo el proceso, y Natalie pensó que debía haber tenido un dueño anteriormente y que estaba acostumbrado a que le bañaran. Al terminar, Natalie lo observó sorprendida. No parecía el mismo. Ahora que estaba limpio, tenía el pelo castaño rojizo con manchas blancas bastante visibles.

—Ya verás cuando te vea Casey —dijo recogiendo las cosas—. Se va a quedar con la boca abierta.

Después de cambiarse de ropa, Natalie se preparó un té y se sentó a descansar en la terraza. Desde allí contempló la puesta del sol tras las montañas y vio como la noche iba cayendo lentamente.

—Vaya —la interrumpió un rato más tarde la voz de Casey desde las escaleras del porche—. ¿De dónde has sacado un perro tan guapo?

Natalie y Colega se volvieron a mirarlo a la vez, y Natalie, al menos, supo apreciar la vista. Casey estaba magnífico.

Llevaba una camisa blanca con el cuello desabrochado bajo la cazadora vaquera, unos vaqueros oscuros y zapatillas de cuero marrones. Parecía salido directamente de una revista del corazón, pensó ella con un leve suspiro. De una lista de «los más guapos».

—Hola, Casey —dijo ella, realmente contenta de verlo.

—¿Lo has engañado? —preguntó Casey sorprendido al ver lo limpio y suave que estaba el pelo del animal.

—Sí —respondió ella—. Estaba limpiando los cristales y se ha puesto a jugar con el agua de la manguera. Aún no lo he cepillado, no tengo cepillo.

—Traeré uno mañana —dijo él y con pasos lentos subió los escalones, mirando las ventanas—. ¿Has limpiado los cristales?

—Sí. No tenía nada más que hacer, y hacía un día precioso.

—¿Te has subido a la escalera?

—Sí —confirmó ella con una sonrisa.

—Es peligroso —dijo él—, y más estando sola. ¿Y si te hubieras caído?

Natalie se encogió de hombros.

—Hubiera mandado a Colega a buscar ayuda, supongo. Tiene los colores de Lassie, a lo mejor tiene algo de *collie* en los genes.

Casey trató de sonreír y se sentó en una mecedora junto a ella.

—Sí, creo que podemos decir que Colega tiene antepasados de distintas razas —dijo.

Colega se acercó a saludarlo, y él le acarició las orejas.

—Estás mucho más guapo, Colega. Y también hueles mucho mejor.

El perro emitió un sonido de agradecimiento, y volvió a sentarse a los pies de Natalie.

—Bueno, al menos sabemos a quién quiere más.

Natalie sacudió la cabeza divertida.

—No sé por qué. Tú fuiste el que empezó a darle de comer.

—Me temo que Colega tiene unos gustos muy exquisitos —comentó él mirándola de forma significativa.

—Sí, claro —dijo ella tratando de ponerse seria e ignorando la insinuación—. No te esperaba. Creía que habías dicho que llamarías.

—Sí, lo dije, pero tenía ganas de verte.

Natalie estudió la expresión masculina bajo las lámparas de la terraza.

—¿Alguna razón en particular?

—Me pasa como a Colega —respondió él—. Me siento irresistiblemente atraído por ti.

—Hm… —Natalie no supo qué decir y prefirió cambiar el rumbo de la conversación—. ¿Qué tal la excursión con Molly y Olivia?

Casey dejó escapar una risa ante el evidente cambio de tema, pero respondió de buena gana. Estaba contento de estar con ella.

—En realidad ha sido con Molly, Olivia y Riley.

—¿Riley? —repitió Natalie extrañada.

—El «requetesupermejor» amigo de Olivia de colegio —explicó Casey utilizando la explicación de la niña—, con una carga de energía inagotable. Entre él y Olivia nos han tenido todo el día de una atracción a otra. Se querían montar en todo, incluso en las atracciones de adultos.

—Ya veo que Molly y tú no habéis tenido un momento de descanso.

—Y que lo digas.

—¿Lo has pasado bien?

—Ha sido agradable —reconoció él—. Aunque algún día me gustaría volver con alguien mayor para poder disfrutar de los conciertos y los talleres de artesanía. A los niños no les interesaba demasiado. A propósito —añadió metiéndose una mano en el bolsillo interior de la cazadora—, te he traído un regalito.

Natalie frunció el ceño.

—Caramelos de café con leche —dijo él con una sonrisa dándole un paquete de plástico—. Los hacen en el parque. Están buenísimos.

—Oh, me encantan. Gracias —sonrió ella.

—Quería traerte un algodón de azúcar, pero no me cabía en el bolsillo.

Sonriendo, Natalie dejó los caramelos en la mesa.

—¿Has comido? —preguntó.

—Sí, con los niños. Hamburguesas y patatas fritas, muy sano.

—¿Quieres una taza de té?

—Sí, por favor.

Empezaba a refrescar y los dos se pusieron en pie para entrar en la casa. Colega hizo lo mismo, pegándose a los talones de Natalie. Ésta se detuvo en la puerta y miró al perro.

—¿Pensabas entrar? —le preguntó arqueando las cejas.

Colega movió la cola. Su intención era evidente.

Natalie miró a Casey, que se encogió de hombros.

—La decisión es tuya —dijo.

—No sé si estará educado para estar dentro de una casa.

—Es probable que sí. Ahora que nos hemos ganado su confianza, su comportamiento es el de un perro que ha vivido antes con humanos.

—¿Y si no?

—Pues lo más seguro es que se comporte como un típico perro macho y orine por toda la casa para marcar su nuevo territorio.

—Genial —dijo ella con un suspiro.

Colega gimió.

Y Natalie dio su brazo a torcer.

—Está bien —le dijo al perro—, puedes entrar. Pero espero que te portes como un caballero, ¿entendido?

Colega movió la cola.

—Seguro que al final acabo frotando los muebles y el suelo —murmuró ella abriendo la puerta de la cocina.

Colega trotó tras ella como si llevara años viviendo allí y olisqueó el salón y la cocina, explorándolo todo, bajo la atenta mirada de sus nuevos amigos humanos. Por fin, tras terminar la exploración, Colega se tumbó encima de una alfombra delante de la chimenea y apoyó la cabeza en las patas.

—¿Quieres que encienda la chimenea? —sugirió Casey a Natalie.

—Buena idea —dijo ella desde la cocina.

Poco más tarde, cuando él ya tenía la chimenea encendida, Natalie entraba en el salón con dos tazas de té y se sentaba a su lado en el sofá con una sonrisa. Por lo visto lo había perdonado por no aceptar su invitación de la noche anterior. A él le había llevado toda la noche perdonarse a sí mismo.

—Colega parece estar como en casa, ¿verdad? —comentó Casey después de beber un sorbo de té—. ¿Vas a dejarle dormir dentro?

Natalie se encogió de hombros.

—No puedo echarlo. Afuera por la noche hace un frío espantoso —dijo—. De momento se está portando como un caballero.

—A lo mejor porque todavía no ha tenido que ir al baño.

—A lo mejor —reconoció ella—. Supongo que puede dormir en el cuarto de la lavadora. O puedo ponerle unas mantas en la terraza, si prefiere dormir fuera. ¿Crees que podremos encontrarle un hogar? —preguntó después, consciente de que tenían que buscarle una familia.

—Seguramente, no te preocupes —dijo él—. Aunque entretanto, está bien aquí.

—Sí, pero no estoy segura de cuánto tiempo estaré aquí —dijo ella.

—Cuando te vayas ya le buscaremos algo.

—Está bien, vale.

Quizá sabiendo que hablaban de él, Colega alzó la cabeza, bostezó, y acto seguido se levantó y se acercó hacia la puerta acristalada. Allí se detuvo y, mirando hacia el sofá, ladró brevemente.

—Creo que nos está diciendo que quiere salir —comentó Casey, divertido.

Natalie ya estaba de pie. Abrió la puerta y Colega salió trotando afuera.

—¿Crees que volverá? —le preguntó ella a Casey, que se había levantado y estaba justo a su lado, viendo cómo el perro se alejaba del bungalow—. ¿O crees que preferirá pasar la noche en el bosque?

—No lo sé —Casey levantó una mano y le apartó un mechón de pelo del rostro. Con expresión concentrada estudió la expresión seria de Natalie—. No te preocupes tanto por él, Natalie. Sabe cuidarse solo.

—Sí, lo sé, pero no me gustaría que... que volviera a ensuciarse —respondió ella con una evasiva—. Seguro que vuelve mañana a buscar más comida —añadió mirándolo a los ojos.

—Seguro —respondió Casey ausente, jugueteando con los mechones rubios que enmarcaban el rostro femenino.

Natalie se mordió el labio inferior.

Casey le acarició la boca con el dedo, separándole los labios.

—Sería una lástima dejar marcas ahí —murmuró él, trazando el labio inferior con la punta del dedo, sintiendo el aliento femenino cálido y húmedo en su piel.

Un ligero rubor teñía las mejillas femeninas, y a él se le aceleró el pulso al tenerla tan cerca. Quería decirle lo hermosa que era, pero no se le ocurría ninguna forma de hacerlo sin que sonara a cliché. Bajó la boca hacia ella.

Unos rasguños en la puerta les interrumpieron justo cuando sus labios se rozaban, y los dos se volvieron hacia la puerta.

Colega estaba de pie sobre las patas traseras, con las patas delanteras apoyadas en el cristal y ladrándoles con todas sus fuerzas.

Casey miró a Natalie y sonrió.

—Creo que ahora ya sabes dónde quiere pasar la noche —comentó—. Y si está educado o no. Ese perro ha sido el perro de alguien hasta hace bien poco.

Natalie ya le estaba abriendo la puerta para dejarlo entrar.

—No creas que te meterás en mi cama esta noche —dijo ella.

Por un momento, Casey parpadeó, pero enseguida sonrió al darse cuenta de que se lo decía al perro.

En cuanto a si él se metería en su cama, eso quedaba por ver.

Capítulo 9

NATALIE encontró una vieja manta de algodón y la echó en el suelo del cuarto de la lavadora junto a los cuencos de agua y comida, pensando que quizá Colega quisiera dormir allí. De momento seguía en el salón, delante de la chimenea, roncando suavemente.

Casey también estaba en el sofá. Al igual que el perro, no parecía tener prisa por marcharse.

Debería decirle que se fuera, pensó ella. Sólo necesitaba una palabra, aunque también una palabra sería suficiente para convencerla de que se quedara. Las dudas de la noche anterior parecían haberse desvanecido.

Se tomó un momento para pensar si ella había cambiado de opinión desde la noche anterior. Se imaginó diciéndole que se fuera, cerrando la puerta de la cocina tras él y pasando otra noche en vela pensando en él, o intentando no hacerlo. Y después se imaginó cómo sería si se quedara.

Lo segundo era mucho más tentador.

Se sentó de nuevo en el sofá, junto a él, y Casey se volvió a mirarla.

Estiró una mano para juguetear con las puntas de su pelo, un gesto que empezaba a convertirse en una costumbre que a ella le gustaba.

—Creo que hace un rato nos han interrumpido —murmuró él.

Natalie sonrió y se inclinó hacia él.

—Creo que recuerdo por dónde íbamos.

Un segundo después estaba en sus brazos, totalmente dispuesta a entregarse a la intensidad del momento.

Siempre había sido una mujer cauta, sensata, práctica y reflexiva. ¿Y de qué le había servido? Estaba segura de que no tardaría en volver a sus hábitos de siempre, pero básicamente ahora estaba de vacaciones. ¿Para qué eran si no las vacaciones, más que para alejarse del estrés de la vida cotidiana?

Hundió una mano entre los mechones castaños claro mientras con la otra recorría el arco de las pestañas, admirando la gama de tonos verdes y azules de sus ojos.

Trazando la estructura de los pómulos y la mandíbula con la palma, pensó que si fuera artista le gustaría esculpirlo y tratar de recrear los ángulos en barro o mármol.

Los hombros eran rectos y firmes, y el pecho fuerte, aunque no excesivamente musculoso. Era delgado, y probablemente se mantenía en forma gracias a la práctica de deportes, no por estrictas sesiones de gimnasio y pesas.

Mientras se besaban, Casey le exploró el cuerpo con las manos, la espalda, la cintura, los senos. Los besos se intensificaron, haciéndose más apasionados y hambrientos. A los dos se les aceleró la respiración, y sus movimientos se hicieron más frenéticos.

Rápidamente estaban llegando al punto de no retorno. Casey levantó la cabeza para mirarla a los ojos, y ella vio el interrogante en su mirada antes de que él dijera roncamente:

—Natalie…

Un repentino estrépito desde la parte posterior del bungalow los hizo dar un salto en el sofá. Colega también se incorporó de un respingo y ladró en dirección al dormitorio. Casey se puso en pie y salió corriendo hacia el dormitorio. Natalie le siguió un poco más despacio, tratando de entender qué era lo que estaba ocurriendo.

Lo que vio en el cuarto de baño la hizo detenerse en seco. Casey estaba en la puerta, maldiciendo en voz baja. El espejo que había colgado encima del lavabo estaba hecho añicos en el suelo, y había cristales por todo el cuarto de baño.

—¿Qué ha pasado? —preguntó ella dando un paso hacia atrás.

—Está muy claro —dijo él con irritación—. Se ha caído el espejo que colgué el otro día. Supongo que no lo sujeté bien. Sea como sea, la he vuelto a fastidiar.

—Todo el mundo comete errores, Casey —trató de tranquilizarlo ella, al verlo tan enfadado.

—Sí, sólo que yo con mucha más frecuencia —dijo él sacudiendo la cabeza—. Me va a llevar un rato limpiar todo esto. Voy al coche a por mis guantes. No se te ocurra entrar —le advirtió en tono severo—. Hay cristales por todo el suelo.

Natalie asintió.

—Iré a buscar la escoba y el recogedor.

—No hace falta que me ayudes. La culpa es mía.

—Tardarás horas en recogerlo todo —protestó ella—. No te preocupes, lo haremos entre los dos. Me pondré guantes.

—Tus guantes son muy finos, te clavarías todos los cristales —dijo él—. No toques nada hasta que vuelva.

En cuestión de minutos, Casey estaba de vuelta, con los guantes puestos y el cubo de basura grande.

—Podías haber estado tú aquí —dijo él señalando el lavabo, con expresión seria—. Podía haberte caído encima...

—Pero no estaba aquí —le recordó ella con firmeza—. De nada vale perder el tiempo pensando en lo que hubiera podido pasar. Ha sido un accidente, y ya está.

—No tenía que haberlo instalado solo —continuó él—. Pensé que sería sencillo, y no me di cuenta... No soy un encargado de mantenimiento, Natalie. Soy...

—¡Colega, no! —Natalie tuvo que sujetar al perro que intentaba entrar en el cuarto de baño para ver lo que estaba haciendo Casey—. Se te llenarán las patas de cristales. Será mejor que me lo lleve de aquí antes de que se clave algo —añadió mirando a Casey.

Casey asintió y empezó a recoger los trozos de cristal más grandes mientras Natalie llevaba al perro a otra habitación.

Les llevó más de una hora terminar de recogerlo todo, pero Casey no se dio por satisfecho hasta comprobar con la palma de la mano que no quedaba ni un solo cristal en todo el cuarto de baño.

—Mañana pediré un espejo nuevo —le aseguró él después—. Y quiero pagarte los frascos de perfume y cremas que se hayan roto —insistió—. Lo siento muchísimo.

Natalie empezaba a cansarse de discutir con él. Se limitó a asentir con la cabeza y abrirle la puerta, sin la menor intención de aceptar su dinero por unos botes de cremas y un perfume. De todas maneras, tampoco solía usarlo. La botella que se había roto había sido un regalo de Thad, así que estaba mejor rota.

En la puerta del bungalow, Casey titubeó un momento, como si se creyera en la obligación de decir algo más, pero enseguida esbozó una sonrisa y murmuró:

—Buenas noches, Natalie.

—Buenas noches.

Natalie cerró la puerta tras él.

Volviéndose a mirar al perro que dormitaba junto a la chimenea, suspiró profundamente.

—Bien, Colega. Parece que esta noche estamos solos tú y yo.

La única respuesta del animal fue un leve ronquido.

Eran casi las once de la noche cuando Casey entró en su bungalow, con el orgullo por los suelos y el cuerpo tenso de frustrada excitación.

¿Qué le había hecho pensar que podía ocuparse del

mantenimiento y las reformas del complejo sin forma-
ción ni experiencia? ¿Había imaginado que sería fácil
comparado con ser abogado? ¿Tan arrogante era, tan
inconsciente que ni siquiera se le había pasado por la
cabeza que un error podría causar daños a alguien?

Tenía que contarle la verdad a Natalie. Había empezado a hacerlo, pero la ruptura del espejo le interrumpió. O al menos eso se había dicho.

Tendría que decírselo al día siguiente. Tampoco
era un gran secreto. Sin demasiado interés, miró la
pantalla de su móvil, y vio que había varias llamadas
perdidas: de su padre, de una de sus tías, de su primo
Jason y de su primo Andrew.

Todavía no eran las diez de la noche en Dallas, y
debería devolver las llamadas, pero aún no estaba en
condiciones de decirles cuándo volvería.

Sabía que tenía que volver. Lo único que lo retenía
allí era la indecisión.

Y Natalie.

Sabía que no debía pensar así. Sabía perfectamente que Natalie no buscaba nada serio.

Pero la idea de despedirse de ella, de no volver a
verla... No, para eso tampoco estaba preparado. Lo que
significaba que probablemente debería pasar menos
tiempo con ella, aunque tampoco sería capaz de mantenerse lejos de ella, y mucho menos después de lo mucho que la había echado de menos durante la visita al
parque de atracciones con Molly y los niños.

A la mañana siguiente, Natalie se despertó relativamente descansada, a excepción de unas pocas agujetas

provocadas por el ejercicio del día anterior. Dejó salir a Colega, que había pasado la noche delante de la chimenea, mientras ella se daba una larga ducha de agua caliente, se secaba el pelo, se maquillaba levemente y se ponía unos vaqueros y un jersey rojo. Después marcó el número de Beecham, dispuesta a dejar un mensaje muy claro si le salía el buzón de voz. Pero esta vez el detective contestó personalmente.

—Buenos días, señorita Lofton.

Natalie fue directa al grano.

—¿Ya sabe de dónde ha salido ese dinero extra de Cathy Linski? ¿Ha descubierto algo nuevo desde la última vez que hablamos?

—He seguido algunos rumores —respondió el detective en tono condescendiente—. Y tengo algunas pistas.

—Eso ya me lo dijo el otro día.

—Sí, pero éstas son muy prometedoras. ¿Y sabe qué me sería de mucha ayuda? Un poco de dinero extra para engrasar las ruedas, ya me entiende. Ya sabe, a la gente le suelta mucho la lengua el dinero.

Natalie miró al teléfono con incredulidad antes de volver a ponérselo en la oreja.

—¿Me está pidiendo más dinero?

—Un adelanto en metálico —le aseguró él y rápidamente añadió—. A descontar del pago final.

—Ya le he hecho un adelanto, y no he conseguido nada.

—Mire, señorita Lofton. Ya le dije que tardaría unas semanas en conseguir las pruebas que necesita. Usted me dijo que merecía la pena si eso significaba limpiar su reputación.

—Y la merecería, pero puesto que no ha descubierto nada nuevo desde entonces, no estoy satisfecha con sus servicios —le espetó ella con una impaciencia que no era propia de ella.

—Si me permite explicarle...

—No quiero oír más explicaciones —le interrumpió ella—. He hecho lo que me dijo, señor Beecham. Quitarme de en medio y dejarle hacer a usted el trabajo, pero usted no ha conseguido nada. No pienso darle ni un centavo más hasta que vea una lista desglosada de lo que ha hecho en mi nombre y un informe de lo que ha averiguado.

—Pero...

—Cuando tenga el informe listo, llámeme —dijo ella—. Y espero que sea pronto. Buenos días, señor Beecham.

Cuando colgó el teléfono le temblaban las manos, con una mezcla de rabia, frustración y temor. Temor a haber cometido un terrible error al contratar a aquel hombre, y tener que invertir mucho más dinero en alguien que tampoco diera resultados.

Alguien llamó a la puerta de la cocina, y Colega ladró, excitado.

Tal y como esperaba, era Casey, e iba acompañado de Kyle.

—Buenos días, Casey. Y Kyle.

—Buenos días. Tengo entendido que ayer te llevaste un buen susto —dijo Kyle.

—Oh, el espejo. Y que lo digas.

—He pedido otro —dijo Casey serio—. Estará aquí en un par de días.

—Ya le he dicho que no tiene que pagarlo —dijo

Kyle sacudiendo la cabeza—, pero se ha empeñado. Todos cometemos errores. Hoy vamos a trabajar en el tejado —le explicó—. Espero que no te importen mucho los golpes.

—En ese caso quizá sea mejor que vaya a ver a mi tía.

Kyle se echó a reír.

—Sí, me parece una buena idea.

Cuando Natalie volvió al bungalow aquella tarde, Kyle ya se había ido, pero el coche de Casey seguía aparcado allí. ¿Seguiría trabajando, o la estaba esperando?

Con los brazos cargados de paquetes, Natalie rodeó el bungalow. Casey apareció por la esquina seguido de Colega.

—¿Te ayudo?

—Gracias —Natalie le dejó sujetar un par de bolsas y entró en la cocina—. ¿Qué tal el tejado?

—Bien —dijo Casey siguiéndola y dejando las bolsas en la mesa de la cocina—. Kyle me ha enseñado a arreglar las tejas. Y sólo me he golpeado con el martillo una vez —le enseñó la uña golpeada.

—¡Ay! —exclamó ella al ver la uña amoratada—. Seguro que eso ha dolido —dijo con una mueca.

—Digamos que Colega ha aprendido algunas palabras nuevas.

Natalie sonrió y miró al perro, que ya se estaba acomodando en su alfombra. Mientras metía la compra en los armarios y la nevera, Casey vio que también había traído algunas cosas para el perro.

—Veo que también has comprado para Colega —comentó.

—Los cuencos de acero inoxidable son más fáciles de limpiar que los de plástico —dijo ella—. Y esta pelota es para que haga un poco de ejercicio.

—Yo he traído un cepillo de perro. Le he cepillado y parece que está muy acostumbrado. Ni siquiera ha protestado —explicó Casey.

—Me alegro.

Natalie llenó los cuencos de agua y comida y los dejó en el cuarto de la lavadora.

—¿Y mañana vais a instalar el jacuzzi? —preguntó mientras ponía agua a calentar.

—Sí, ése es el plan. Lo tienen que traer a las diez de la mañana, y ya está casi todo preparado para instalarlo.

—¿Y también funcionará en invierno?

—Sí, estará caliente y listo para usar. Por lo que me ha dicho Kyle, tiene una cubierta que se pone y se quita bastante fácilmente. Por lo visto hay que estar pendiente de las limpiezas y los productos químicos, pero supongo que si anima a los posibles clientes merece la pena —explicó él—. Espero que lo puedas utilizar el sábado, o el domingo a más tardar. Estarás aquí el fin de semana, ¿no? —preguntó, sin poder evitar cierta ansiedad en la voz.

—Sí —respondió ella—. Mi tía me ha dicho que el bungalow está libre hasta dentro de dos semanas, pero no sé si me quedaré tanto tiempo. ¿Y tú? —preguntó, haciendo un esfuerzo por hablar con la misma indiferencia que él.

—Hay una reserva para mi bungalow para dentro

de diez días. Esta semana van a poner un tejado nuevo, que es lo único que falta por hacer.

Natalie le estudió la cara mientras le retiraba un mechón de pelo de la frente.

—Pareces cansado.

Casey se encogió de hombros.

—He debido subir y bajar esa escalera al menos veinte veces —dijo él—. Estas dos semanas que llevo aquí he descubierto músculos que no sabía que tenía —confesó. Bebió un sorbo de café y después añadió—: Menos mal que en Dallas tengo un trabajo de oficina. Con todos los cortes y golpes que he acumulado hasta ahora, no creo que pueda seguir haciendo esto mucho más tiempo.

Probablemente quería hacerla sonreír, pero a Natalie lo que más le llamó la atención fue el trabajo de oficina.

—Lo mejor de vivir en un rascacielos en Dallas es que hay un equipo de mantenimiento que se ocupa de todos los arreglos —continuó él.

Natalie no sabía si hablaba por hablar o iba en serio.

—¿Vives en un rascacielos?

—Sí, en el centro de Dallas, muy cerca del bufete donde trabajo. Por eso me ha gustado tanto estar aquí y disfrutar de la paz y la tranquilidad de las montañas. Todo esto es muy distinto a la vida en la ciudad.

Muy despacio, como si se le hubieran entumecido los dedos, Natalie dejó la taza en la encimera.

—¿Eres... eres abogado?

—Sí. No pensabas que era encargado de mantenimiento en serio, ¿verdad?

—No, la verdad es que no —dijo ella uniendo las manos sobre el regazo, tratando de ocultar el temblor—. ¿Estás aquí de vacaciones?

—Con una excedencia —respondió él con un encogimiento de hombros—. Después de un año especialmente duro estaba bastante quemado, aunque ya no podré retrasar la vuelta mucho más tiempo.

—No puedes haber terminado la carrera de Derecho hace mucho —dijo ella haciendo unos rápidos cálculos mentales.

—Hace cinco años —respondió él—. En el colegio me salté un par de cursos, y en el instituto me matriculé en un par de asignaturas de la carrera. Me licencié a los veinte, con lo que empecé a trabajar bastante pronto —explicó él—. Probablemente eso puede explicar lo quemado que estaba.

—Tuviste que trabajar mucho para ir tan deprisa —comentó ella sin acabar de digerir plenamente la nueva información.

—Supongo que lo llevo en los genes —bromeó él—. Mi padre y sus hermanos tienen una empresa de seguridad, mi madre es presidenta de una asesoría contable, mi abuelo materno fue durante muchos años uno de los fiscales más importantes de Chicago. En mi casa no estaba permitido quedarse atrás.

O sea, que tenía contactos importantes. Lo que probablemente explicaba por qué podía tomarse tantas vacaciones siendo tan joven. ¿Cómo podía decirle que a ella la habían despedido acusada de haber traicionado el secreto profesional a cambio de dinero?

Estaba segura de que la ética profesional de Casey Walker estaba a prueba de bomba. ¿La creería si le dijera que la suya también? ¿O se inclinaría a dudar de su inocencia?

—Estás muy seria —murmuró él apartándole el pelo de la cara—. No te preguntaré en qué estás pensando, pero si quieres contármelo, te escucho.

Natalie no podía mirarlo a los ojos. Con un largo suspiro murmuró:

—No sabría por dónde empezar.

—Empieza por donde quieras. Sea lo que sea, Natalie, me gustaría ayudarte, si puedo. No soporto verte tan triste.

Natalie levantó lentamente la cabeza y lo miró a la cara. Casey la observaba con tanta preocupación que se le hizo un nudo en la garganta. Cuando la miraba así casi podía creer que la apreciaba de verdad. Y pensar eso era muy peligroso. Últimamente ya había sufrido bastante a manos de personas en las que confiaba.

Casey bajó la cabeza para besarla suavemente en los labios y después, apoyando la frente en la de ella, habló de nuevo:

—Creo que debería decirte...

El móvil que llevaba sujeto al cinturón sonó de repente y los dos dieron un respingo. Mascullando una maldición, Casey miró la pantalla.

—Es mi padre. Lo llamaré más tarde...

—No. Contesta. Veré lo que hay para cenar.

Prácticamente lo empujó hasta el salón con el pretexto de darle intimidad. Natalie necesitaba la distancia, necesitaba unos momentos para recuperarse y digerir lo que Casey acababa de contarle.

Sujetándose a la encimera de la cocina, pensó en

lo irónico que era que la revelación de Casey sirviera sólo para separarlos aún más.

Poco después le dijo a Casey que se fuera, con la excusa de que tenía que hacer algunas llamadas.

—Te veré mañana —dijo él desde la puerta abierta, después de dejarse prácticamente empujar hasta allí—. Quizá entonces podamos hablar.

—Sí, vale —dijo ella, aunque no estaba segura de poder hacerlo tampoco al día siguiente—. Buenas noches, Casey.

Él le sujetó la barbilla y la besó levemente en los labios.

—Buenas noches, Natalie. Que duermas bien.

Cerrando la puerta trasera, Natalie se llevó una mano temblorosa a la boca. ¿Dormir bien? Lo dudaba y mucho.

Capítulo 10

CUANDO llamaron a la puerta del bungalow a la mañana siguiente, Natalie pensó que era Casey y fue a abrir, preparándose mentalmente para una difícil conversación. Tras pasar buena parte de la noche en vela, había decidido contarle a Casey toda la verdad.

Abrió la puerta y parpadeó sorprendida al ver a Rand Beecham en lugar de a Casey.

—Buenos días, señorita Lofton. Espero no molestarla —dijo el detective con una sonrisa.

—¿Cómo me ha encontrado? —preguntó ella.

El hombre se limitó a arquear las cejas y echarse a reír. Blandiendo el sobre que llevaba en una mano, preguntó:

—¿Puedo entrar? Tengo la información que me pidió.

—¿Ha descubierto al responsable de las filtraciones a la prensa? —preguntó ella.

—Bueno, no de forma concluyente —respondió el hombre alto y fornido entrando en el bungalow—. Desde que hablamos ayer no he podido hacer nada más, pero usted quería un informe de lo que he hecho hasta ahora, ¿no es así?

Natalie frunció el ceño y cerró la puerta.

—Podía habérmelo mandado por correo electrónico —dijo ella—. No era necesario que viniera hasta aquí.

«Y me cobrara por el desplazamiento», añadió para sus adentros.

—Como le dije ayer, necesito otro anticipo para poder continuar con las investigaciones —repuso el hombre sin alterarse—. No es que no crea que no vaya a pagarme al final, pero son las normas operativas de la empresa.

Natalie extendió el brazo.

—Déjeme ver el informe.

—Por supuesto.

Siendo abogada, sabía perfectamente cómo se podía manipular y justificar la facturación de horas trabajadas. Aún con todo, el informe de Rand Beecham mostraba una capacidad creativa realmente sorprendente. A juzgar por las horas dedicadas a su caso y las tarifas por hora, ya se había ganado todo lo que le había pagado como anticipo y mucho más.

—Esto no dice nada que no haya descubierto yo con un par de conversaciones telefónicas —dijo ella irritada.

—¿Oh? ¿O sea que sabe que Cathy Linski acaba

de entregar un anticipo por un lujoso apartamento en el West End?

—¿En el West End? ¿Lo dice en serio?

Era una de las zonas más caras y exclusivas de Nashville.

—O sea, que no lo sabía.

—No —dijo ella, ignorando el tono arrogante del hombre—. Pero lo que sé es que con su sueldo no puede pagárselo.

—Lo mismo digo.

—No sé —murmuró ella—. No creo que haya sacado tanto dinero con las filtraciones que me atribuyeron. Sí, cierto que los periódicos sensacionalistas se pusieron las botas, pero no creo que le hayan pagado tanto dinero como para financiar un cambio de forma de vida tan radical.

—Quizá no haya sido la única vez —apuntó el detective—. Por eso necesito tiempo para averiguarlo.

Y para seguir cobrándome, pensó ella, que empezaba a temer por sus ahorros.

—Quizá debería volver a Nashville yo misma y seguir a Cathy para ver de dónde está sacando tanto dinero —murmuró ella pensativa.

—¿Y que la demanden por acoso? ¿O le pidan una orden de alejamiento? Recuerde, yo soy un profesional. Sé cómo seguir a la gente sin levantar sospechas y sin que me descubran. Deme unos días más y tendré todo lo que necesita.

Era lo que le decía siempre, y Natalie se sentía como una tonta por creerle. Pero ¿qué otra opción tenía?

—Está bien —dijo ella por fin, obligada a reconocer que no sabría cómo llevar a cabo una investigación—. Le daré otros quinientos dólares, pero eso es todo, hasta que vea resultados reales.

—Que sean mil —dijo el hombre—. Me hace falta un ayudante.

Natalie tragó saliva y después asintió resignada.

—Le firmaré un talón —dijo ella yendo hacia el dormitorio.

Cuando se lo entregó, el hombre lo leyó, lo dobló y se lo metió en el bolsillo con un gesto de codicia y satisfacción que a Natalie no le gustó en absoluto.

—Este lugar es muy bonito —dijo el hombre a modo de despedida—. Disfrute de su estancia aquí y déjelo todo en mis manos. Si hay pruebas que sirvan para limpiar su nombre, yo las encontraré.

—¿Cómo que si las hay? —repitió ella con el ceño fruncido.

—Si las hay, yo las encontraré —repitió el detective, sin ocultar la implicación de que quizá ella no era tan inocente como aseguraba.

A Natalie no le gustó la insinuación. Si fuera así, ¿para qué demonios iba a malgastar su dinero en él?, se preguntó furiosa.

Aunque probablemente el detective sólo estaba dejándose una puerta abierta por si no lograba descubrir nada.

Y si eso ocurría... más le valdría tener preparado un plan B, por si acaso.

Casey aparcó delante del bungalow de Natalie justo cuando se abrió la puerta y vio salir a un hombre.

Todavía no eran las doce del mediodía. ¿Quién era, y qué hacía allí?

Casey se recordó que no era asunto suyo, aunque por los andares y el lenguaje corporal del hombre no pudo evitar pensar que era policía. O ex policía. ¿Sería un amigo de Natalie? ¿O más que un amigo? ¿Alguien que trabajaba para ella? ¿O alguien que había ido a interrogarla?

Natalie vio llegar a Casey y le esperó en el porche.

—Buenos días —le dijo—. ¿Dónde está Kyle?

—Vendrá un poco más tarde. Tenía que hacer algunas cosas.

—Oh. ¿Puedo ayudarte con algo?

—Sólo voy a empezar a quitar las barandillas. Cuando esté instalado el jacuzzi, pondremos barandillas nuevas con bancos incorporados.

—Voy a por los guantes —dijo ella dándole la espalda—. Hoy tengo ganas de demoler algo.

Por lo visto no iba ni siquiera a mencionar al hombre que acababa de salir, pensó Casey con cierto resentimiento. Y aunque no era asunto suyo, le dolía. Quizá la ruptura con Tamara le había hecho ser más sensible a secretos y engaños de lo que creía.

Pero debía recordar que entre Natalie y él no existía ningún tipo de vínculo ni compromiso, nada más allá de un romance pasajero, y que ella no le debía explicaciones ni justificaciones. Por eso su silencio no debería afectarle. Pero lo hacía.

Casey y Kyle terminaron de instalar el jacuzzi el sábado a mediodía. Casey contempló el trabajo con satisfacción. El jacuzzi quedaba encajado en un armazón de madera rojiza con dos escalones para acceder al mismo. Se imaginó sentado en el agua rodeado de burbujas, y de Natalie, por supuesto, tomando una copa de vino y admirando el paisaje.

Hablando de Natalie...

Miró hacia la puerta del bungalow. Ella llevaba todo el día metida dentro, prácticamente sin salir a inspeccionar el progreso de los trabajos, y Casey suspiró, preguntándose si no habría cometido un error táctico al hablarle de sí mismo. Pensando que la información la animaría a sincerarse con él, parecía haber conseguido precisamente lo contrario. Desde que le dijo que era abogado apenas se habían rozado, y ella tampoco le había dicho quién era el visitante del día anterior.

Por fin ella apareció a media tarde. Salió del bungalow con Colega pegado a los talones y se acercó al jacuzzi.

—Ha quedado muy bien —dijo caminando alrededor de la nueva instalación—. Seguro que atrae a muchos clientes.

—Para eso lo han puesto —dijo él echándose el pelo hacia atrás—. Estará listo para usar mañana.

—¿Dónde está Kyle?

—Lo han llamado de uno de los bungalows. Por lo visto, un niño ha tirado un juguete por la taza del váter y lo ha atascado.

Natalie hizo una mueca.

—Oh, no me gustaría estar en su piel —dijo metiendo las manos en los bolsillos de la cazadora—. Empieza a hacer frío.

—Sí, dicen que esta noche lloverá.

Casey se acercó a ella sin apartar la mirada de su cara. Tenía tantas ganas de besarla que apenas podía mantenerse a una distancia prudente de ella. Cuando habló, lo hizo con voz ronca:

—Natalie...

Ella lo miró, entreabriendo ligeramente los labios.

Él le enmarcó la cara con las manos.

—Me gustaría que...

—¡¿Casey?! ¡Eh, Case, ¿estás ahí?!

Al oír la voz procedente del extremo opuesto del bungalow, Casey bajó las manos y frunció el ceño.

—Qué raro. Esa voz parece la de...

—¿La de quién? —preguntó Natalie

Casey suspiró al ver a dos hombres altos, morenos y prácticamente idénticos aparecer por el lateral, llamándole.

—La de mi primo Aaron —dijo hundiendo los hombros al verlos—. Me temo que estás a punto de conocer al resto del trío terrible.

A pesar de ser idénticos, no era difícil distinguir a los gemelos Walker. Andrew llevaba el pelo moreno casi negro muy corto, y solía vestirse con colores oscuros, grises y negros. Aaron, sin embargo, se había dejado el pelo más largo, y su forma de vestir era más informal que la de su gemelo, con colores más vivos y más a la moda. Las chicas solían decir que Aaron era más guapo, a pesar de que sólo se diferenciaban en su forma de vestir.

—¿Qué demonios estáis haciendo aquí? —les preguntó mirándolos con desconfianza.

—Hemos venido para llevarte a Dallas —respondió Aaron—. Hemos decidido que ya has jugado bastante a ser carpintero. Y seguramente Kyle nos lo agradecerá.

—Él nos ha dicho dónde encontrarte —añadió Andrew mirando de Natalie a Casey y de Casey a Natalie.

—Chicos, os presento a Natalie Lofton —dijo Casey recordando por fin sus buenos modales—. Natalie, mis primos Aaron y Andrew Walker —dijo señalando a cada uno de ellos al decir sus nombres.

—Encantada de conoceros —dijo ella.

Los dos le estrecharon la mano y la estudiaron con detenimiento, sin duda haciéndola sentir como un animal en el zoo. Natalie carraspeó y dijo:

—Disculpadme. Tengo que sacar la ropa de la secadora —dijo señalando con la cabeza hacia la casa.

Con esa excusa se metió de nuevo en el bungalow.

Casey esperó a que la puerta se cerrara tras ella antes de hablar.

—¿De verdad habéis venido para convencerme de que vuelva a Dallas? ¿Es que no tenéis vida propia?

—Antes de que empieces a machacarnos, deberías preguntarte si hubieras preferido que viniera tu madre en vez de nosotros —dijo Andrew.

—¿Mi madre?

Aaron, que estaba rascando las orejas de Colega, asintió.

—Ésa era su intención. Tu padre no para de repetirle que estás bien, pero ella está convencida de que necesitas ayuda. Así que Andrew y yo nos ofrecimos a venir en su lugar, y fue la única manera de que ella desistiera de su empeño.

—Oh —Casey suspiró. De repente no parecía tan malo ver allí a sus primos—. Vale, gracias, pero estoy bien.

—Por lo que he visto, mejor que bien —murmuró Aaron mirando hacia la puerta por la que había desaparecido Natalie —. Es muy guapa.

—Chicos, se está haciendo de noche. Si de verdad habéis venido a echarme una mano, meted esas cosas en mi coche y ayudadme a recogerlo todo.

Los gemelos intercambiaron una mirada.

—¿De verdad nos vas a poner a trabajar? —preguntó Aaron.

Casey le dio un puñetazo en el brazo.

—Ahora mismo.

Natalie se dio cuenta de que eran los primos gemelos de Casey en cuanto los vio aparecer por el bungalow, y también que Casey no los esperaba. Por lo que habían dicho, estaban allí para llevárselo de vuelta a Dallas, lo que le hizo pensar que su tiempo con Casey estaba llegando a su fin. Algo que por otra parte había sido inevitable desde el principio, se recordó.

Fue al cuarto de la lavadora, pero comprobó que la vieja secadora donde había metido una colada de vaqueros no funcionaba y que la ropa continuaba empapada.

—Maldita sea —murmuró.

Tendría que decírselo a Casey, aunque otra cuestión sería que él fuera capaz de solucionar el problema.

Abrió la puerta y encontró a Andrew terminando de barrer la terraza de madera.

—Oh, ¿dónde está Casey? —preguntó.

—¿Me buscas a mí? —preguntó éste apareciendo por el lateral seguido de Colega.

—Sí. No... no sé qué le pasa a la secadora. El tambor no da vueltas.

—¿No? Vale, iré a echar un vistazo.

Aaron soltó una carcajada.

—¿Crees que echándole un vistazo se arregla? ¿Qué sabes tú de arreglar secadoras?

Casey levantó el mentón y respondió con dignidad.

—Siempre puedo intentar averiguar qué es lo que pasa.

—Sí, eso. Tú inténtalo —se burló Aaron.

Andrew se interpuso entre los dos antes de que su primo y su hermano se enzarzaran en una discusión.

—Eh, una vez ayudé a papá a arreglar la secadora. A lo mejor te puedo echar una mano, si te parece.

Casey asintió.

—Sí, vale. Gracias.

—Yo también voy —dijo Aaron siguiéndolos hacia la puerta abierta donde estaba Natalie.

—Oh, sí, menuda ayuda —dijo Casey con sarcasmo entrando en la casa seguido de sus dos primos.

—Puedo contaros un par de chistes para alegraros la faena —sugirió divertido Aaron guiñando un ojo a Natalie—. Aunque supongo que veros a vosotros dos metidos en la secadora haciendo ver que tenéis idea de lo que estáis haciendo ya será bastante divertido.

Natalie no pudo evitar una sonrisa. Era difícil no reaccionar ante el carisma de Aaron. Casey le dirigió una mirada que no fue capaz de interpretar. ¿Tendría celos de su primo?

Natalie sacó los vaqueros de la secadora y volvió al salón. Para hacer algo, comprobó su correo electrónico, aunque no tenía ningún mensaje.

Una interesante cacofonía de sonidos procedía del cuarto de la lavadora. Golpes, chirridos, martillazos. Maldiciones, de Casey, y risas, casi todas de Aaron, salpicadas de instrucciones, de Andrew. Una media hora después, los tres salieron al salón sonriendo de oreja a oreja cual guerreros que acabaran de ganar una batalla.

—¿La habéis arreglado? —preguntó ella mirando a Casey.

—Sí —respondió Andrew con orgullo y se aclaró ruidosamente la garganta.

—Sí, la hemos arreglado —dijo Casey—, pero hubiera podido hacerlo solo —añadió mirando a su primo Andrew—. Ya puedes meter los vaqueros a secar.

—Gracias —dijo ella—. Gracias a los tres —añadió mirando a los gemelos.

—No ha sido nada —le aseguró Aaron con una sonrisa.

—Nada para ti, querrás decir —dijo Casey—. No has hecho nada.

—Sostener la linterna.

Casey sacudió la cabeza y miró a Natalie.

—Estos dos bellacos y yo vamos a ir a Gatlinburg a cenar a un mexicano. ¿Quieres venir?

—Di que sí, por favor, Natalie —insistió Aaron con una sonrisa—. Me encantaría tener una conversación inteligente con alguien, algo que desde luego no conseguiré con estos dos.

Natalie sonrió pero no aceptó.

—Gracias, pero tengo que hacer unas llamadas, y estoy segura de que vosotros tenéis mucho de qué hablar.

Diciendo a sus primos que se reuniría con ellos en unos minutos, Casey los mandó fuera del bungalow.

—¿Estás segura de que no quieres venir con nosotros? —preguntó cuando se quedaron solos—. Te prometo que mis primos se portaran como dos caballeros. Espero.

—No, esta noche no, gracias.

Casey se llevó la mano a la nuca y se la apretó con expresión sombría.

—Íbamos a hablar cuando nos han interrumpido.

Natalie sabía que tenía razón, pero aquél no era el momento.

—Hablaremos en otro momento. Será mejor que te vayas. Te están esperando.

Asintiendo, Casey le puso la mano en el hombro.

—Pensaré en ti —murmuró él—. Últimamente casi no hago otra cosa.

Un leve suspiro escapó de los labios femeninos.

—Yo también pienso mucho en ti —reconoció ella—. Demasiado, me temo. Hay cosas... bueno, ahora no estoy pasando por un buen momento.

—Lo sé —murmuró él—. Yo tampoco, pero eso no impide que quiera estar contigo.

Natalie lo miró, humedeciéndose los labios con la lengua tratando de buscar una respuesta.

Casey le enmarcó la cara con las manos y se inclinó hacia ella para besarle los labios.

—Hablaremos mañana. Buenas noches, Natalie.

Capítulo 11

SÓLO hay un dormitorio —advirtió Casey a sus primos al entrar en su bungalow. Antes de ir a cenar quería ducharse y cambiarse de ropa —. Tendréis que dormir en el sofá y en el suelo.

—Ya nos pelearemos por el sitio cuando volvamos de cenar —dijo Andrew con un encogimiento de hombros, dejando su bolsa de viaje junto al sofá.

—O sea, que estás pasando mucho tiempo con Natalie, ¿eh? —preguntó Aaron.

—He estado trabajando en su bungalow, ya lo sabéis —respondió Casey vaciándose los bolsillos en la barra americana que separaba la cocina del salón.

—Sí, ya, pero me ha dado la impresión de que el bungalow no es lo único en lo que estabas trabajando —comentó Aaron en tono insinuante.

—No empieces —le advirtió Casey.

Con cara de no haber roto nunca un plato, Aaron se encogió de hombros.

—Es que me parece una casualidad muy interesante que hayas conocido precisamente a otra abogada aquí.

—¿Cómo sabes que es abogada? —preguntó Casey frunciendo el ceño.

—Creo que Molly lo mencionó por teléfono hace un par de días —respondió Aaron—. Dijo que Natalie trabajaba en un importante bufete de Nashville, pero que está buscando otro trabajo.

—¿Y qué te hace pensar que eso es asunto tuyo? —le espetó Casey furioso, echándose el pelo hacia atrás—. ¿Y por qué te ha hablado Molly de eso?

Casey empezaba a estar furioso por la intromisión de sus primos.

—Molly no me dijo nada importante. Sólo que Natalie era una abogada de Nashville que estaba pasando aquí unos días. Escondiéndose.

—No se está escondiendo —respondió Casey, irritado con su primo por saber más que él—. Se ha tomado un tiempo de descanso, igual que yo.

—En el caso de Natalie, es algo más que eso —dijo Aaron en un tono que enfureció todavía más a Casey.

Se volvió hacia Andrew sin ocultar su ira y lo miró con dureza.

—No os habéis atrevido.

Andrew apretó la mandíbula.

—Ya le dije a Aaron que no te gustaría que la investigáramos.

—Pero lo habéis hecho.

—Míralo de otra manera, Case —dijo Aaron en

tono conciliador—. Has conocido a una mujer que no quiere decirte ni a qué se dedica ni por qué está aquí. Estás tan pillado con ella que no quieres volver a Dallas, y da toda la impresión de que lo que menos te preocupa es tu trabajo. Eso es suficiente para que nos preocupemos. Molly dijo que estás con ella prácticamente todo el tiempo.

—Pues parece que Molly habla demasiado.

—Ya sabes que a veces no lo puede evitar —bromeó Aaron—. Claro que… yo también le dejé entrever que ya había hablado contigo y que más o menos estaba al corriente de todo.

Casey se volvió otra vez a mirar a Andrew.

—¿Y tú le has estado apoyando en esto?

Andrew ni siquiera se molestó en fingir que se arrepentía de lo que habían hecho.

—No sabes prácticamente nada de ella, ¿verdad? —dijo yendo directamente al grano con la serenidad que le caracterizaba.

—Tú también no, por favor —le pidió Casey sacudiendo la cabeza.

—¿Qué te ha contado Natalie de las razones que la llevaron a dejar el bufete de Nashville? —preguntó Aaron.

—Nada, y yo no se lo he preguntado. Porque no es asunto mío —respondió Casey con fiereza—. Ni vuestro. Y tampoco quiero que...

—La despidieron, Case —dijo Aaron por fin en voz baja, consciente de que a su primo no le iba a gustar, pero tenía que saberlo—. La despidieron por vender información confidencial de clientes del bufete a la prensa sensacionalista.

—¡Eso es mentira! —exclamó Casey.

—Es la verdad. Su bufete representa a muchos famosos de Nashville, y había muchas publicaciones dispuestas a pagar un montón de dinero por cualquier información sabrosa que despierte el interés de la gente. Por lo visto, los socios del bufete pensaron que las pruebas eran suficientes para despedirla. Lo hicieron discretamente, y Natalie no impugnó las acusaciones. Se fue sin más.

Casey seguía negando con la cabeza cuando Aaron terminó de hablar.

—No. Ella no haría una cosa así.

—El bufete lo ocultó todo porque no querían la publicidad negativa —continuó Aaron—. La despidieron sin pedir responsabilidades porque no querían un posible escándalo y perder parte de su clientela.

—No lo creo —repitió Casey—, y no quiero oír nada más de esto. No pienso hablar de Natalie a sus espaldas.

—No son habladurías, Case —dijo Andrew—. Quizá no te guste, pero esos son los hechos. Creímos que deberías saberlo.

—Es la sobrina de Jewel McDooley —les recordó Casey—. ¿Qué demonios os hizo creer que podíais investigarla?

—Vimos lo que te hizo Tamara —dijo Aaron tras un silencio, esta vez totalmente serio—. Tú tampoco creíste los rumores que había sobre ella. Nos enteramos de que estabas viéndote prácticamente a diario con una mujer con muchos secretos, y no queríamos verte sufrir otra vez.

Casey les dirigió una mirada dura y sin perdón.

—Habéis ido demasiado lejos —dijo Casey, incapaz de reprimir todo lo que estaba sintiendo en aquel momento—. Podéis cenar sin mí —dijo dirigiéndose hacia la puerta.

—Maldita sea, Case...

Pero él ya había cerrado la puerta trasera y se dirigía a su coche, sin ningún interés en lo que esos primos le estaban diciendo.

Se sentó tras el volante y arrancó, sin saber adónde iba. Necesitaba pensar.

No quería creer lo que sus primos le habían dicho, pero, sin embargo...

¿Por qué no le había contado ella nada?

Casey pensó en el hombre que había visto el viernes saliendo de su bungalow, y del que ella no le había dado ninguna explicación.

La idea de sentirse tan amargamente traicionado y decepcionado como le ocurrió con Tamara... Tenía que reconocer que le asustaba un poco. Y eso era un reconocimiento de vulnerabilidad que no le gustaba hacer.

A Natalie le sorprendió oír unos golpes en la puerta poco después de las ocho de la tarde, pero enseguida reconoció los tres golpecitos que Casey siempre utilizaba para anunciar su llegada.

—¿Casey? —preguntó abriendo la puerta—. ¿Ocurre algo?

—Tengo que hablar contigo de algo que no puede esperar hasta mañana —dijo él sin mirarla, acariciando a Colega que se había acercado a saludarlo.

—¿Y tus primos?

Casey se incorporó y, por un momento, Natalie vio un destello de irritación en sus ojos.

—Supongo que estarán en mi bungalow, o cenando.

—¿Habéis discutido?

—Sí, pero no he venido por eso. Bueno, quizá sí… No sé.

Natalie lo invitó a sentarse.

—Dime, ¿qué significa todo esto?

Ignorando la invitación, Casey se acercó a la chimenea y se quedó mirando el hueco ennegrecido, sin hablar. Natalie se sentó en el brazo del sofá y esperó la respuesta a su pregunta.

Cuando por fin él habló, sus palabras la sorprendieron.

—En mi familia ha habido muchas situaciones dramáticas a lo largo de los años —empezó.

—Supongo que como en la mayoría de las familias —dijo ella.

—Ya te conté que mi padre y sus hermanos fueron separados de pequeños y que luego se reencontraron años más tarde.

Aunque Casey no la miraba, Natalie asintió con la cabeza en silencio.

—Mi tía Michelle, ¿la que fue adoptada por una familia de dinero e inició la búsqueda de sus hermanos? —continuó él.

—Sí, me hablaste de ella. Es la que se casó con el detective privado.

—Sí, Tony D'Alessandro. El caso es que, siendo una niña, Michelle fue secuestrada por un antiguo empleado de la familia. No le pasó nada, pero la dejó traumatizada durante un tiempo.

Natalie no entendía qué tenía que ver eso con ella, pero asintió otra vez en silencio.

—Ésa no ha sido la única vez que un miembro de la familia ha pasado por una situación traumática. Años más tarde, mi tía Lindsey también fue secuestrada, y mi tío Jared fue acusado de robo y encerrado en la cárcel hasta que demostró su inocencia. Mis padres se conocieron cuando mi abuelo, que era fiscal, contrató a mi padre para proteger a mi madre de unos mafiosos que amenazaron con secuestrarla para chantajearlo en un importante juicio —continuó explicando él—. Eso nos ha dejado a todos un poco paranoicos. Si a eso añades que algunos de ellos son detectives privados y asesores de seguridad, entenderás que no puedan dejar un misterio sin resolver.

Natalie cada vez entendía menos el motivo de aquella explicación.

—No entiendo...

—Por lo visto, Aaron ha estado llamando a Molly toda la semana para averiguar qué estaba haciendo aquí —le interrumpió él—. Molly es un encanto, pero a veces habla demasiado. Mencionó que me estaba viendo contigo, y también debió decirle que estaba un poco colgado contigo.

Notando el cálido rubor que le cubría las mejillas, Natalie bajó la cabeza.

—¿Así que tus primos han venido a salvarte de mí?

Casey respiró profundamente antes de continuar.

—Aaron es muy astuto y no sé cómo consiguió

sonsacarle a Molly que habías perdido tu trabajo en el bufete. Andrew se puso a investigar y... Lo siento mucho, Natalie, pero me han contado lo que te pasó en Nashville.

Natalie palideció.

—No tenían ningún derecho —balbuceó.

—Lo sé —dijo Casey volviéndose hacia ella con las palmas hacia arriba—. Me han puesto tan furioso que no podía seguir con ellos.

Natalie se levantó y empezó a pasear nerviosa por el salón.

—Y cuando descubrieron el secreto les entró pánico, ¿no?, pensando que mi intención era estafarte —le espetó ella sujetándose los brazos para protegerse de un escalofrío que era tanto emocional como físico—. Y que tenía una buena razón para no contar lo que pasó en Nashville. Como por ejemplo que era culpable.

—Sólo me han contado los hechos de lo que pasó, no te juzgan.

—¿Oh, en serio? —Natalie se puso en jarras y le clavó la mirada—. ¿Y cuáles son esos hechos, si se puede saber? Me gustaría oírtelos decir —insistió ella, preguntándose quién de su antiguo bufete se había ido de la lengua y a cambio de qué.

Sintiéndose totalmente violento, Casey hundió las manos en los bolsillos.

—Que vendiste información confidencial a la prensa sensacionalista; que tus jefes se enteraron y te despidieron para evitar la publicidad negativa entre sus demás clientes, y que tú te fuiste sin defenderte.

—¿Y eso qué te dice a ti? —preguntó ella amargamente.

—Que tuvo que haber mucho más que eso —respondió él.

—¿Y por eso has venido? ¿Para darme la oportunidad de contar mi versión? —Natalie se acercó a la ventana y miró al exterior.

Casey se acercó a ella, le puso las manos en los hombros y la volvió hacia él.

—No me debes ninguna explicación, Natalie. Pero si me lo quieres contar, si quieres mi ayuda, cuenta conmigo. Me gustaría oír tu versión.

—Ahora sí que hablas como un auténtico abogado —dijo ella apartándose de él—. Sin tomar una decisión hasta escuchar la versión del acusado, ¿no? No te corresponde a ti determinar la inocencia o la culpabilidad del acusado.

—No, claro que no —dijo él empezando a perder la paciencia—. Pero tampoco he creído lo que me han dicho.

—Qué magnánimo por tu parte —dijo ella burlona.

—No estás siendo justa.

—Es una cuestión de confianza —susurró ella volviendo la cabeza para ocultar las lágrimas que le llenaban los ojos—. ¿Confías en mí o no?

El silencio que se hizo entre ambos le rompió el corazón. Aquella era la razón, pensó con infinita tristeza, por la que no le había contado a Casey la verdad desde el principio.

Casey no le veía la cara, pero sí los hombros hundidos, y se odió por haber dudado de ella, aunque sólo fuera por un momento.

Desde que había conocido a Natalie, la había visto a la defensiva, cauta, comedida, divertida, relajada, e incluso coqueteando ligeramente. Pero nunca la había visto tan hundida. Hasta ahora.

—Últimamente algunas personas en las que confiaba me han traicionado —dijo él en voz un poco demasiado alta—. Supongo que por eso vine aquí. Tenía que reflexionar sobre algunas cosas, y tratar de entender mi vida.

—Espero que hayas tenido más suerte que yo —murmuró ella, todavía sin mirarlo.

—Eso pensaba —respondió él—. Pensaba que lo había superado, pero por lo visto estaba equivocado.

—No te entiendo.

Acercándose a ella por detrás, le apoyó las manos en los hombros, y ella se puso rígida.

—Probablemente, si no salté inmediatamente en tu defensa, es porque no quería sentirme traicionado otra vez. Ha sido una reacción estúpida y cobarde por mi parte, y lo siento.

—¿Estás diciendo que de repente me crees inocente? —preguntó ella escéptica.

—Estoy diciendo que en estas dos semanas he aprendido que eres una persona honrada —dijo él—. Incluso a veces demasiado —añadió con una irónica sonrisa—. Me has preguntado si confío en ti, y siento haber tardado tanto en responder. Sí, Natalie, confío en ti. No creo que vendieras tus principios por dinero.

—Eso no lo puedes saber —dijo ella con la cabeza baja—. No te he contado nada de mí. Ni cuando me dijiste que eras abogado te dije que yo también lo era.

—No, y ahora entiendo por qué.

—Fue demasiado humillante.

—Lo sé. Supongo que debo confesar que cuando me lo dijiste ya lo sabía. Y también que estabas buscando trabajo.

Natalie volvió la cabeza y lo miró.

—¿Cómo que lo sabías?

—A Molly se le escapó.

—Oh —dijo Natalie—. Tendré que recordar no contarle nunca ningún secreto a tu prima —comentó sarcástica.

—Eso parece, sí —dijo él con una risita—, pero creo que se le escapó, hace un par de días. Y te juro que en ningún momento he intentado averiguar nada sobre ti que tú no me hayas contado. Ni tampoco les pedí a Andrew y a Aaron que te investigaran.

—Supongo que ya no importa —murmuró ella casi sin fuerzas—. Tarde o temprano todo el mundo se enterará. En cuanto no pueda encontrar otro trabajo. Nadie contratará a una abogada acusada de vender información confidencial de sus clientes.

Casey se puso delante de ella, sintiéndose como un cerdo por ser en parte responsable de la tristeza en sus ojos.

—Tú no fuiste —dijo él, y no era una pregunta.

—No, pero eso no importa —dijo ella derrotada—. He hecho todo lo que he podido para demostrar que alguien me tendió una trampa. Tengo algunas pistas, pero ninguna prueba sólida. Y sin pruebas irrefutables, es mi palabra contra la del bufete. Nadie me creerá.

—Deja que te ayudemos a limpiar tu nombre —dijo él—. Andrew es un excelente detective.

—Ya tengo un detective —dijo ella negando con

la cabeza—. Se llama Rand Beecham. Era el hombre que viste salir de aquí ayer por la mañana.

Un detective privado. Casey no quería admitir lo mucho que le había afectado ver a aquel hombre salir del bungalow de Natalie, lo mucho que le había costado no preguntar quién era, ni tampoco lo aliviado que estaba al oír su explicación. Pero aquél no era el momento de pensar en sus sentimientos. Lo importante era concentrarse en los hechos.

—¿Ha averiguado algo que demuestre tu inocencia?

Natalie se retorció las manos con nerviosismo.

—Está siguiendo un par de pistas.

—¿Estás satisfecha con su trabajo? —preguntó observándola con detenimiento.

—No… —Natalie abrió las manos —. No sé qué más hacer —reconoció—. He intentado investigar por mi cuenta, pero tengo que reconocer que no tengo ni idea de por dónde empezar.

—¿Te importaría que Andrew hiciera algunas averiguaciones por su parte? Quizá pueda encontrar algo que a Beecham o a ti se os está pasando por alto.

—No… —Natalie se mordió el labio, sin saber cómo decirle que apenas podía pagar a un detective, y mucho menos a dos.

—Andrew no te cobraría, por supuesto —añadió Casey—. No cobramos a los amigos. Además, está en deuda contigo. No tenía ningún derecho a invadir tu intimidad. Y lo mínimo que puede hacer es ayudarte a limpiar tu nombre.

—No le puedo pedir que haga eso.

—Se lo pediré yo.

Natalie respiró entrecortadamente.

—No conoces toda la historia. Las pruebas contra mí...

—No me importa —le interrumpió él—. Tú no lo hiciste.

—Mucha gente que me conoce desde mucho antes que tú no pensaron lo mismo —dijo ella—. Se han apartado de mí como si tuviera una enfermedad contagiosa.

Casey le cubrió una mano con la suya.

—Lo siento. Seguro que has debido sentirte muy sola.

—Últimamente no tanto —reconoció ella sin apartar la mano—. Gracias a ti.

—Ha sido un placer, no lo dudes —dijo él—. Deja que te ayudemos, Natalie. Si te parece bien, mañana vendré con los gemelos a primera hora. Cuéntales todo lo que pasó y todo lo que has averiguado desde entonces. Averiguaremos lo que ha pasado y demostraremos que tú no tuviste nada que ver con esas filtraciones.

Natalie lo miró a los ojos.

—¿Por qué haces esto?

Casey sonrió.

—¿De verdad no lo sabes? —respondió él.

Y bajando la cabeza, la besó larga y tiernamente.

Por mucho que quisiera seguir besándola y mucho más, Casey sabía que no era el momento. Aquella noche, Natalie estaba demasiado vulnerable, y él también. Los dos necesitaban algún tiempo, y por eso se obligó a apartarse.

—Procura dormir —le dijo acariciándole la mejilla—. Nosotros nos ocuparemos.

—¿Te vas?

Casey asintió.

—Tengo que gritar un poco más a mis primos por invadir tu intimidad, y después decirles que te van a ayudar a solucionarlo.

—¿No quieres preguntarme nada más sobre lo que pasó?

—Esperaré a que se lo cuentes por la mañana. No hace falta hacerte pasar por lo mismo dos veces.

Natalie respiró profundamente y asintió.

—Está bien, les contaré todo lo que sé.

—Muy bien, entonces hasta mañana.

La miró durante un largo momento y después se dirigió hacia la puerta.

—¿Casey?

Se volvió a mirarla y la vio de pie junto al sofá, con Colega a su lado.

—¿Sí?

—Gracias por creer en mí.

Él sonrió y salió, cerrando la puerta tras él.

Capítulo 12

NO me gusta que hayáis invadido mi intimidad sin mi permiso y sin justificación.

Andrew Walker aceptó las críticas de Natalie sin rechistar.

—Por favor, acepta mis disculpas —dijo—. Digamos que es deformación profesional, aunque te aseguro que no me he metido ni en tus cuentas personales ni en nada parecido, si es lo que te preocupa. Casi todo lo que he averiguado era *vox populi* entre tus compañeros de trabajo.

—Casi todo —dijo ella aferrándose al casi—. El bufete no hizo público el motivo de mi despido. Eso se mantuvo en secreto, más por su reputación que por respeto hacia mi persona —añadió con amargura—. Y sé perfectamente que eso no lo has averiguado únicamente tecleando mi nombre en un buscador de Internet.

—Hice un par de llamadas —reconoció Andrew—. Tengo que reconocer que el secreto que rodeaba el despido me picó la curiosidad. Pasaste de ser una buena abogada con muchísimo futuro a desaparecer por completo del mapa. Normalmente eso indica alguna maniobra para encubrir un asunto.

—¿A quién llamaste?

—A un par de fuentes en la zona —respondió él vagamente.

Lo que significaba que no iba a decírselo.

—No ha sido sólo Andrew —dijo Aaron que se había mantenido en silencio hasta entonces—. Yo le insistí para que te investigara. Con todos los problemas que Casey ha tenido últimamente, me preocupaba que arriesgara su reputación en Dallas.

—Y tuviste que meter tus narices en mis asuntos —murmuró Casey.

Aaron suspiró profundamente.

—Eso ya lo hablamos anoche —le recordó a su primo—. Largo y tendido. Te pedí disculpas, y ahora estoy intentando pedírselas a Natalie.

—No estás pidiendo disculpas, estás tratando de justificar lo que hiciste.

Natalie levantó una mano para evitar que se enzarzaran en una nueva discusión.

—El caso es que no me gusta lo que habéis hecho, pero agradezco la ayuda, si creéis que podéis ayudarme.

—Puedo ayudarte —dijo Andrew con total seguridad—, pero primero creo que debo decirte lo que he averiguado sobre Rand Beecham. Cuando Casey me dijo anoche que no estabas satisfecha con su trabajo, hice algunas llamadas.

—¿Qué? —a Natalie le entraron ganas de tirarse de los pelos—. ¿Otra vez sin mi permiso?

Un tanto sorprendido ante la reacción de Natalie, Andrew arqueó las cejas sin comprender.

—¿No te ha enseñado nunca nadie a respetar los límites de los demás? —continuó ella.

Aaron y Casey esbozaron sendas sonrisas, como si no fuera la primera vez que le hacían el mismo reproche. Andrew, por su parte, se limitó a encogerse de hombros.

—Creo que debes saber que no puedes fiarte de todo lo que diga el tal Beecham —continuó sin inmutarse—. Por lo visto, suele operar de la misma manera: va dando algo de información con cuentagotas mientras va facturando horas de trabajo y pidiendo anticipos.

—Eso estaba empezando a imaginármelo —dijo ella, furiosa por cómo las palabras de Andrew la estaban haciendo sentir, como una tonta—. Y no pensaba seguir permitiéndoselo mucho más tiempo.

—Bien. Otra cosa, tú has dicho que no tuviste nada que ver con las filtraciones a la prensa.

—Efectivamente —dijo ella con firmeza—. No tuve nada que ver. Jamás se me ocurriría quebrantar el secreto profesional, ni en lo relativo a mis clientes ni a cualquier otro cliente del bufete.

—En ese caso nosotros averiguaremos qué fue lo que pasó —afirmó Andrew con total seguridad—. Sólo necesito conocer los detalles.

—Será mejor que nos sentemos y nos pongamos cómodos —dijo Casey señalando el sofá y dos sillones.

—Prepararé una cafetera —dijo Natalie volviéndose hacia la cocina.

Necesitaba unos minutos a solas para prepararse mentalmente.

—¿Quieres que te ayude en algo? —preguntó Casey.

—No, yo lo hago.

Minutos más tarde estaban los cuatro sentados en el salón cada uno con una taza de café en la mano. Respirando profundamente, Natalie relató cómo la habían expulsado del bufete de Nashville. Reconoció que era una adicta al trabajo que había pasado prácticamente todo el tiempo en el bufete o trabajando en casa. También les contó que fue promocionada en varias ocasiones, incluso por delante de otros empleados con mayor antigüedad.

—No era mi intención pisotear a nadie —se apresuró a añadir—, e intenté no hacerme enemigos, pero en un bufete tan competitivo como Bennings, Heaton, Schroeder y Merkel siempre habrá quien se resienta de eso.

—¿Conocías lo de las filtraciones a la prensa? —preguntó Andrew.

—Todo el mundo sabía que se estaban publicando cosas que no debían ser del dominio público y empezó a haber rumores sobre quién podría estar detrás —respondió ella—, pero muchos pensamos que serían fuentes ajenas al bufete, no internas. Hasta que un día, hace tres semanas, me llamaron al despacho de uno de los socios y me despidieron por «indiscreciones flagrantes».

Aparentemente, y a pesar de sus protestas de inocencia, tenían «pruebas» de su culpabilidad. Fue despedida en el acto con la advertencia de que si hablaba de los motivos del despido y ponía en peligro la reputación del bufete se ocuparían de que fuera expulsada del colegio de abogados.

—¿Qué pruebas te enseñaron? —preguntó Andrew, que estaba tomando notas en un cuaderno.

—Varias fotocopias de talones a mi nombre firmados por el periodista de una revista sensacionalista —explicó ella—. Ni que decir tiene que yo nunca recibí esos talones. Alguien tuvo que falsificar mi nombre para cobrarlos.

—¿De dónde sacaron esas fotocopias?

—Por lo que me dijo Herb, de una fuente anónima. Yo le dije que era una explicación ridícula, prueba de que alguien estaba intentando cargármelo a mí, pero no me hizo caso. Se negó a creerme y dijo que era la excusa más vieja del mundo.

—¿La única prueba que tenía eran las fotocopias?

—No, también había copias de correos enviados desde mi ordenador al mismo periodista. Yo no los mandé, pero tenían mi dirección de correo.

—¿No te habrías dado cuenta si él te hubiera contestado? —preguntó Andrew extrañado.

—Los correos que me enseñaron daban instrucciones al periodista para que no respondiera a esa dirección, sino que se pusiera en contacto «a través de los canales habituales».

—¿Te pusiste en contacto con el periodista? —preguntó Casey.

—Lo intenté. No respondió a mis llamadas, ni tampoco quiso hablar conmigo cuando fui a su casa. Me dijo que si volvía a molestarlo informaría al bufete y pediría una orden de alejamiento —Natalie suspiró—. Ésas eran todas las supuestas pruebas que tenían contra mí, pero fue suficiente para que me echaran. Para ellos era la solución más fácil. Librarse de mí y evitar un posible escándalo.

—¿Te has puesto en contacto con alguno de ellos con posterioridad?

Natalie negó con la cabeza.

—Se comportan como si tuviera la lepra. De no ser por Amber no sabría nada de lo que está pasando.

—¿Amber?

—Amber Keller, mi asistente. Sigue trabajando allí, para otro abogado, Stephen Gilbert, pero me llama de vez en cuando para informarme si ha pasado algo.

—Si era tu asistente, tenía que tener acceso a tus cuentas, ¿no? —dijo Andrew pensando en voz alta—. Incluso a tu número de seguridad social.

Natalie dejó la taza en la mesa con un golpe y miró a Andrew enfadada.

—¿Es que no me has escuchado? He dicho que Amber estaba de mi lado. Me apoyó desde el principio.

Andrew la miró con un cinismo impropio para su edad.

—Muchas veces las personas en las que más confiamos son las que más daño nos hacen —afirmó él sin pasión—. Si resulta que está metida en esto, no sería la primera en mostrar su lealtad para no levantar sospechas.

Tanto Aaron como Casey miraban a Andrew serio,

como si supieran que hablaba por experiencia, pero Natalie negó con la cabeza.

—Eso no tiene ninguna lógica. ¿Entonces para qué iba a llamarme y contarme lo que pasa en la oficina?

—Quizá para ver si has descubierto algo nuevo —sugirió Aaron.

—Amber es mi amiga —insistió Natalie—. Una de las pocas que me quedan después de lo sucedido.

—Me da la impresión de que no tenías muy buenos amigos —murmuró Aaron.

Natalie se mordió el labio, pensando que ella había llegado a la misma conclusión. Casey le apretó la rodilla, ofreciéndole su apoyo silenciosamente.

—Deberíais investigar a Cathy Linski —dijo deletreando el apellido.

—Vale, ¿alguien más?

Natalie se encogió de hombros, con la misma sensación de indefensión e impotencia que tan frecuentemente la embargaba últimamente.

—En el bufete trabaja tanta gente que no tengo ni idea.

—¿Y hombres? ¿Tenías alguna relación especial con alguien?

Casey se movió incómodo en el sofá y masculló:

—Andrew.

Su primo se limitó a mirarlo. No se había mordido la lengua sobre la amiga de Natalie, y tampoco pensaba hacerlo sobre eso, pareció decirle con los ojos.

—Salí con alguien un tiempo, nada serio —reconoció por fin Natalie—. Unos tres meses. Se llama Thad Wolff, pero no creo que sea él. No llevaba mucho tiempo en el bufete, y su objetivo es promocionar. En cuanto empecé a tener problemas pasó de mí como de la peste.

—¿Y no había nadie más?

—No. No he tenido mucho tiempo para relaciones sentimentales. Estaba totalmente dedicada al trabajo.

—Está bien —dijo Andrew—. ¿Te importa darme tu número de móvil por si necesito hacerte alguna pregunta más?

Natalie se lo dio y después le preguntó qué iba a hacer.

—Ir a Nashville —respondió Andrew—. Primero hablaré con Beecham, a ver si ha averiguado algo nuevo, aunque lo dudo. Dame unos días y podrás volver al bufete con la cabeza alta.

Natalie deseó poder creer aquellas palabras. Con ojos ansiosos, miró a Aaron.

—¿Tú también vas a ir con él?

Aaron negó con la cabeza.

—Yo vuelvo a Dallas a asegurar a la familia que Casey está bien y volveré en cuanto termine de ayudar a Kyle y a Molly, seguramente la semana que viene.

Los gemelos no tardaron mucho en irse. Después de ver y admirar las reformas en la terraza se despidieron de Casey y Natalie, asegurándoles que pronto tendrían noticias de ellos. Cuando por fin se quedaron solos, Casey le pasó los brazos por la cintura desde atrás y le murmuró al oído:

—Oye, sobre ese imbécil de Thad. ¿Era más guapo que yo?

Natalie no pudo evitar sonreír. Volviéndose en sus brazos, le apoyó las manos en el pecho.

—Para nada.

—Entonces nos olvidamos de él.

—Yo ya me he olvidado —le aseguró ella.

Casey la besó en los labios y después levantó la cabeza.

—¿Quieres que me vaya yo también? —preguntó.

—No —respondió ella sin dudar.

—¿Damos un paseo?

—Sí, me encantaría.

Tomándola de la mano, Casey la llevó hacia el arroyo que descendía por la parte posterior del complejo con Colega correteando y olisqueando entre los arbustos.

—Siento mucho que hayas pasado por todo eso —dijo él después de un rato—. Ha tenido que ser una pesadilla.

—Sí, más o menos. Y lo de Beecham está resultando ser otra más —le confesó ella—. Me convenció de que sabía lo que estaba haciendo y de que sería discreto, pero me da la sensación de que no es muy bueno.

—Andrew lo es.

—Eso es lo que Aaron y tú no dejáis de repetir —dijo ella.

—Confía en nosotros.

Natalie se agachó a recoger una piedra interesante junto al arroyo, de color gris pálido, con forma de corazón y una pequeña grieta en el centro. Aunque el simbolismo le pareció un poco irónico, se la metió en el bolsillo de la cazadora.

—¿Volverás al bufete? —preguntó Casey—. Cuando demuestres tu inocencia.

—No lo sé, no he llegado a pensar en eso todavía.

Casey lanzó una rama al agua y contempló con expresión seria cómo se la llevaba la corriente.

—Casey, ¿por qué tu familia está tan preocupada por ti?

—Ya los has oído, creen que estoy al borde de una depresión nerviosa.

—¿Por tomarte unas vacaciones?

—Es algo más que eso —dijo él frotándose la nuca—. Todo empezó cuando perdí un caso importante.

—Eso nos pasa a todos —dijo ella.

—Sí, pero en mi caso fue un error especialmente grave. Y no fue sólo eso.

Mientras continuaban paseando, Casey le habló del niño rico a quien había defendido de un cargo de homicidio involuntario por conducir ebrio.

—El joven quedó en libertad por un defecto de forma y nos prometió a sus padres y a mí que no volvería a conducir si había bebido, pero un año más tarde, unas semanas después de perder yo el otro juicio, se emborrachó y tuvo un accidente con el tercer descapotable que le habían comprado sus padres. En el accidente murió un niño que iba en el otro coche —dijo bajando la cabeza, sin poder ocultar su dolor.

—Oh, Casey, tú no tienes la culpa. Si hay que culpar a alguien, es a sus padres.

—Lo sé, pero a veces no puede evitar pensar que siempre tenemos más tiempo y dedicamos más esfuerzo a defender al que tiene dinero para pagarlo.

—Ésa es parte de la realidad de nuestro trabajo —murmuró Natalie—. La mejor defensa que el dinero puede pagar.

Casey hizo una mueca y asintió.

—Pero me afectó de manera especial, sobre todo después de perder un juicio que tenía que haber ganado.

—¿Y eso te hizo replantearte tu profesión?

—Al menos la forma de ejercerla, sí —dijo él con un encogimiento de hombros.

—¿Has llegado a alguna conclusión?

—La verdad es que no. Lo más probable es que vuelva a hacer lo que estaba haciendo. Supongo que lo que necesitaba era un descanso.

—No sé yo si has descansado mucho —comentó ella con una sonrisa—. Has estado trabajando sin parar en las reformas.

—Sí, pero ha sido un trabajo manual —dijo él—. Y eso me hace sentir mucho más... con los pies en la tierra.

—A mí también —dijo ella.

—No era sólo el trabajo —dijo Casey tras un silencio que cobró nuevo significado—. Hasta hace un mes estaba prometido, más o menos.

A Natalie se le cayó el alma a los pies, pero no dijo nada.

—El final fue duro —prosiguió él—, sobre todo para mi vanidad masculina. Me dejó por un abogado de otro bufete. Ahora luce un anillo de compromiso con una piedra del tamaño de un elefante.

—¿Estabas... prometido? —logró balbucear Natalie por fin, sintiendo un nudo en el estómago que apenas la dejaba respirar.

—He dicho más o menos —le corrigió él—. Ya sabes, cuando llevas tanto tiempo juntos que todo el mundo espera que te cases pero no hay nada oficial.

Natalie nunca se había visto en aquella situación, pero asintió.

—Lo siento —murmuró.

Casey movió la cabeza con impaciencia.

—Hacía tiempo que las cosas entre Tamara y yo no iban bien. Pasábamos días sin vernos, y aunque la ruptura fue tanto por su parte como por la mía, no me lo esperaba, al menos de forma tan repentina. Ella podía haberlo hecho más discretamente, pero me alegro de que haya terminado.

—¿O sea, que perdiste un caso importante, rompiste con tu «más o menos» prometida y sufriste una crisis de conciencia todo en cuestión de meses?

—Exacto.

—No me extraña que necesitaras unas vacaciones.

—Gracias —dijo él lanzando un palo a Colega, que salió disparado a buscarlo.

—Dime una cosa —preguntó ella apoyándose en el tronco de un árbol—. ¿Por qué no me dijiste nada? No sé, yo tenía motivos para no decir por qué me habían despedido, pero tú...

—Nunca me lo has preguntado —dijo él—. Pensé que no te interesaba.

Natalie permaneció un momento en silencio.

—No te pregunté porque temía que eso llevara a preguntas sobre mí —le confesó por fin.

—Sí, eso me lo he imaginado después —dijo él alargando la mano para acariciarle la mejilla—. ¿Tienes frío?

—Un poco.

—¿Volvemos?

—Vale.

Casey le tomó la mano y llamó a Colega con un silbido. El perro estaba ladrando a una ardilla.

—Venga, Colega. Vámonos a casa.

A casa. Natalie reflexionó sobre esas palabras. El bungalow no era la casa de ninguno de los tres. Ni la de ella, ni la de él, ni la de Colega. Por muy a gusto que se encontraran en ella.

Capítulo 13

PASARON buena parte de la tarde podando y recogiendo las hojas alrededor del bungalow. Ahora que conocían los secretos mutuos, se sentían más a gusto juntos, pero había otra tensión entre ellos.

Cada vez que sus miradas se encontraban, Natalie notaba como se le aceleraba el pulso y se le ruborizaban las mejillas. Cada vez que se rozaban, fuera a propósito o sin querer, sentía una corriente eléctrica que le atravesaba el cuerpo. Cada beso robado duraba más que el anterior, y cada abrazo se hacía más intenso. Más apasionado.

Cuando terminaron ya había oscurecido y, después de lavarse, tomaron una cena sencilla a base de sandwiches y sopa de lata. Después, Natalie se acercó hasta la puerta acristalada y miró al exterior. Era de noche, pero la luz de la luna iluminaba la terraza y las estrellas brillaban en el cielo.

Casey se acercó a ella y le deslizó los brazos por la cintura. Natalie se apoyó en él.

—Hace una noche preciosa —le murmuró al oído.

—Ya lo creo —susurró ella, cubriéndole las manos con las suyas.

—¿Sabes qué estaría bien? —preguntó él.

Aquella pregunta tenía muchas posibles respuestas.

—Hm, ¿qué?

—El jacuzzi. Con una copa de vino mientras disfrutamos de las burbujas.

A Natalie le flaquearon las rodillas al imaginarse en el agua con él, pero afortunadamente, Casey la estaba sosteniendo.

—Seguro que Kyle quiere que comprobemos si funciona bien —continuó él con voz seria, aunque con una sonrisa en los labios.

Natalie se volvió en sus brazos y se apretó contra él, recorriendo el pecho masculino con los dedos.

—Pero no he traído bañador —dijo mirándolo a los ojos—. Y creo que tú tampoco.

Las palabras de Natalie provocaron un destello de pasión en los ojos verde-azulados.

—Supongo que tendremos que... improvisar.

Acariciándole la mandíbula, Natalie murmuró:

—Iré a buscar las toallas.

—Yo serviré el vino.

El salón estaba vacío cuando ella volvió con dos toallas de baño. Al salir afuera, vio que Casey ya estaba metido en el jacuzzi, su cuerpo esbelto y firme inmerso en un mar burbujeante. Había apagado las luces de la terraza de tal manera que la única iluminación era la que había en el interior del jacuzzi.

—Ven —dijo él—. Te he guardado un sitio.

Sin dejar de mirarlo a los ojos, Natalie dejó las toallas en un banco junto a la ropa doblada de él y después se desabrochó el kimono. La prenda se deslizó hasta sus pies y de repente Casey ya no parecía tan relajado.

Muy despacio, Natalie se metió en la bañera redonda y se sumergió hasta los hombros, sentándose a su lado.

—Hmm, qué gusto —murmuró.

Estirándose a su lado, Casey le tomó la mano bajo el agua y ella le sonrió. Tomándose su tiempo y poniendo a prueba su paciencia, permanecieron así durante unos minutos, con los dedos entrelazados, las copas de vino en la mano libre y mirando la noche estrellada.

—Es precioso —dijo ella con un suspiro—. Sería precioso ver nevar desde aquí.

—Sí, estaría bien.

Natalie sonrió.

—Tengo que reconocer que lo del jacuzzi fue una buena idea.

—Muy buena —murmuró él inclinándose para besarle el hombro desnudo—. ¿Te he dicho lo guapa que estás mojada? Lo he pensado desde el día que te empapé en la cocina.

—No deberías recordármelo. A mí me pareciste el peor encargado de mantenimiento, y el más interesante —añadió con una risa ronca.

—¿En serio? —preguntó besándole la garganta.

—Mmm, sí —respondió ella echando la cabeza hacia atrás y cerrando los ojos.

—¿Qué piensas de mí ahora? —preguntó él quitándole la copa de la mano y dejándola a un lado.

Natalie le rodeó con los brazos.

—Creo que eres un poco mejor encargado de mantenimiento de lo que pensaba, pero sigues siendo el más interesante.

—Gracias —sonrió él sobre sus labios.

Casey deslizó los dedos mojados bajo la melena rubia y le mordisqueó los labios. Bajo el agua, ella le acarició con la pierna.

Los besos se hicieron más intensos, y se exploraron con las manos y con la lengua. Casey le acarició los senos, trazando lentos círculos alrededor de los pezones hasta que ella se arqueó deseosa hacia él y lo buscó con la mano. Cuando lo encontró, duro y listo, Casey contuvo la respiración y se movió sobre ella.

Casey le deslizó una mano por el muslo, buscándola, y ella jadeó en su boca. Momentos más tarde, Natalie gemía de placer, mientras él la acariciaba y excitaba con los dedos a la vez que le besaba los senos y la llevaba al clímax, haciéndola arquearse por encima del agua.

Casey se levantó y la sacó con él del jacuzzi. Rápidamente se secaron, lo suficiente para no gotear el suelo de madera del bungalow. Casey recogió la ropa y entraron. Él rebuscó en el bolsillo de los vaqueros, y después los tiró a un lado para volver a abrazarla. Le cubrió la boca con la suya incluso antes de caer juntos sobre la cama. Era evidente que ya no podía aguantar más, pero logró controlarse lo suficiente para llevarla de nuevo al clímax antes de buscar su propio placer.

Enterrado dentro de ella, se estremeció y murmuró su nombre una y otra vez, con una ternura que llenó los ojos de Natalie de lágrimas. Ésta parpadeó para controlarlas y lo abrazó con fuerza, deseando que el tiempo se detuviera para poder saborear cada segundo de aquella noche con él.

El lunes por la mañana sonó el móvil de Natalie, despertándola de repente. Tras una noche prácticamente en vela, Natalie se dio un momento para mirar a Casey, que estaba parpadeando a su lado, antes de incorporarse y responder al teléfono.

—Es Beecham —dijo al ver la pantalla del móvil— ¿Diga?

—¿Quién demonios es ese Walker? —quiso saber furioso el detective—. Ha venido a verme esta mañana, me ha dicho que es de una empresa de seguridad de Dallas y que se ocupa del caso.

—Sí. Andrew Walker trabaja para mí —respondió ella sin perder el control—. Mándeme su factura, señor Beecham, y le llamaré para acordar el pago, si es que le debo algo.

—¿Me está despidiendo?

—Estoy poniendo fin a nuestra relación profesional—respondió ella sin inmutarse—. Espero que mantenga nuestro acuerdo de confidencialidad, por supuesto.

Beecham intentó discutir con ella un poco más, pero ella se mantuvo firme.

—Has despachado el asunto con mucha profesionalidad —comentó Casey besándole el hombro desnudo—. No me gustaría tener que discutir contigo.

—Espero que tu primo obtenga más resultados que él.

—No te arrepentirás.

Después de desayunar fueron a dar una vuelta por Cades Cove, un exuberante valle aislado entre las montañas no muy lejos de Gatlinburg. El lugar, antaño una próspera colonia, estaba ahora convertido en un parque nacional salpicado de edificios históricos, entre los que había cabañas de troncos de madera, establos y graneros de vistosos colores que se podían explorar por el visitante. También visitaron tres iglesias que habían oído los salmos de generaciones de colonos.

Después regresaron al bungalow de Natalie.

—Me gusta estar contigo —murmuró Casey mucho más tarde, desnudo en su cama, junto a ella.

Natalie se acurrucó contra él y cerró los ojos.

—A mí también me gusta estar contigo.

—Cuando todo esto haya terminado, cuando Andrew descubra la verdad...

Sin abrir los ojos, Natalie frunció el ceño.

—No —le interrumpió—. No hablemos de eso ahora. Disfrutemos de estar juntos.

Se hizo un tenso silencio, pero, afortunadamente, Casey decidió no continuar insistiendo.

—Está bien, no hablaremos de eso ahora. Esperaremos.

Natalie se relajó de nuevo entre sus brazos.

La llamada llegó el martes a última hora, mientras Casey y Natalie cenaban en la mesa de la terraza las hamburguesas que él había preparado en la barbacoa.

—Hola, Andrew —dijo ella respondiendo al teléfono.

Casey no se molestó en fingir que no estaba escuchando, aunque Natalie tampoco habló mucho. Quien lo hizo principalmente fue Andrew, pero por la expresión de Natalie era evidente que lo que le estaba diciendo era una auténtica sorpresa.

—¿Estás seguro? —preguntó ella después de un rato, en un tono que no ocultaba su extrañeza—. ¿Totalmente seguro?

La respuesta de Andrew al otro lado de la línea debió ser afirmativa.

—Ya veo —dijo ella, pensativa. Y después—: De acuerdo. Entonces hasta mañana, Andrew. Gracias otra vez.

Natalie cerró el teléfono móvil y miró a Casey, sentado frente a ella en la mesa.

—¿Ha resuelto el caso? —preguntó Casey—. ¿En sólo tres días?

Natalie asintió, y Casey se dijo que se alegraba, aunque en el fondo, después de estar tres días con ella prácticamente las veinticuatro horas, no estaba preparado para separarse de ella y verla regresar a su vida anterior.

—Dice que no ha sido tan difícil, y que si en el bufete hubieran estado más interesados en averiguar la verdad que en evitar el posible escándalo, habrían contratado a un profesional para hacerlo —explicó ella—. Y que Beecham me estaba estafando, porque en realidad no estaba trabajando en el caso.

—¿Ha sido ésa tal Linski? —preguntó Casey—. ¿La que ha estado gastando tanto dinero últimamente?

Natalie negó con la cabeza.

—Fue lo primero que comprobó. Por lo visto tiene un novio, un hombre mayor y casado, dispuesto a pagarle generosamente mientras su mujer está de viaje por Europa. Una explicación muy sencilla que Beecham hubiera podido encontrar sólo con hacer algunas averiguaciones. De hecho, Andrew cree que Beecham lo sabía, pero no me dijo nada para hacerme creer que continuaba la investigación y seguir sacándome dinero.

—¿Era tu amiga Amber? —preguntó Casey, casi odiándose por tener que hacer esa pregunta.

—No —repuso ella para alivio de ambos—. Fue Thad.

—¿Thad? ¿El hombre con el que saliste tres meses?

Natalie asintió lentamente.

—Por lo visto necesitaba más dinero para mantener su alto nivel de vida —explicó ella—, y no le costó mucho meterse en mi ordenador y echarme a mí la culpa. Pero Andrew no me ha dado más detalles, aparte de que logró sonsacárselo al periodista. Viene mañana a darme un informe completo. Por lo que me ha contado, el periodista reconoció que los talones estaban a mi nombre, pero que se los dio a Thad. Andrew dice que ha estado siguiéndolo y tiene algunas fotos de él con una mujer, con quien por lo visto está viviendo ahora. Probablemente, ella se hizo pasar por mí para cobrar los talones.

—Te dije que Andrew lo descubriría.

—Dice que tiene todas las pruebas que necesito para denunciarlo. Aunque todavía no sabe nada.

—Enhorabuena, Natalie, me alegro de que esté solucionado.

—Sólo quería limpiar mi nombre —dijo ella.

—Lo sé. Cuando recuperes tu trabajo y hayan echado a Thad, todos se darán cuenta de que te acusaron injustamente —dijo él para animarla.

—No sé si podré recuperar el trabajo. Supongo que Herb y los otros socios preferirán que desaparezca discretamente y que no se hable más de este asunto.

—Bueno, al menos puedes ponerlos en una situación bastante embarazosa —dijo él.

—¿O sea, que debo chantajearlos para recuperar mi trabajo? —preguntó ella.

Casey se encogió de hombros.

—Chantaje, justicia, llámalo como quieras.

Natalie se mordió el labio mirando la hamburguesa a medio mordisquear que quedaba en su plato. Había perdido el apetito. Y él también.

—¿Andrew viene mañana?

Ella asintió con la cabeza.

—Me ha dicho que estaría aquí a las doce.

—Imagino que no tardarás en volver a Nashville.

—Cuanto antes mejor —dijo ella con un suspiro, con una mezcla contradictoria de alivio y angustia.

Era lo que Casey esperaba oír, pero aún con todo le dolió.

—Es normal. A mí también me gustaría limpiar mi nombre.

—Me alegro de que lo entiendas.

—O sea, que nos queda una noche juntos.

A Natalie se le tensó la mandíbula.

—Sí.

—Entonces será mejor que la aprovechemos, ¿no crees? ¿Has terminado de cenar?

El tono práctico e impersonal debió sorprenderla.

—Oh, sí, he terminado.

—¿Qué te parece si disfrutamos una vez más del jacuzzi? —preguntó él empezando a recoger la mesa.

Natalie lo miró durante un momento, y después sonrió.

—Yo serviré el vino.

Natalie observaba a Casey mientras éste metía la maleta en el maletero de su coche y lo cerraba.

—Gracias —dijo ella apretando las llaves del coche con fuerza.

—De nada. ¿Seguro que lo tienes todo?

—Sí, no queda nada.

Natalie lo vio tragar saliva y asentir con la cabeza.

—Bien.

Natalie ya se había despedido primero de sus tíos y después de Molly y de Kyle aquella misma mañana, antes de volver al bungalow a meter su equipaje en el coche y despedirse en privado de Casey.

Alargando un poco el momento, se arrodilló a acariciar al perro sentado junto a Casey.

—Casey te cuidará hasta que se vaya, Colega —le dijo rascándole suavemente la cabeza—, y después irás a vivir con Kyle y Molly. Verás cómo te gusta. Incluso a lo mejor te haces amigo de Poppy y todo.

—Allí lo tratarán bien. Seguro que acaba siendo el perro de Kyle —dijo Casey—. De momento no parece que haya hecho muy buenas migas con Poppy.

Colega gimió, como si sintiera algo en su voz que no le gustara.

—¿Seguro que estará bien? —le preguntó a Casey.

—Claro que sí. Mañana lo llevaré a vacunar y después a casa de Kyle, para que empiece a familiarizarse con ellos.

Natalie asintió, diciéndose que era lo mejor para el animal.

—Bueno, entonces supongo que ya es hora de que me vaya —dijo pensando en las cuatro horas de trayecto que le quedaban por delante.

Quería llegar a Nashville cuanto antes para poder descansar antes de presentarse en el despacho de Herb Schroeder a primera hora del día siguiente con las pruebas irrefutables de que le habían engañado. Y al salir del despacho de Herb pensaba ir directamente al de Thad.

—¿Me llamarás después de hablar con ellos? —preguntó Casey—. Me gustaría saber qué te han dicho.

Natalie asintió.

—Te llamaré.

Casey puso sus manos en los brazos de Natalie y los frotó ligeramente, mirándola a la cara.

—Ya sé que no querías hablar de nosotros hasta después de reunirte con Schroeder…

—Casey…

—¿Esto es el adiós definitivo? —insistió él—. ¿Vas a volver a Nashville y olvidarte de mí?

—No voy a olvidarte —le aseguró ella—. Nunca. Me has ayudado en un momento muy duro. Y siempre te lo agradeceré.

—¿Sigues pensando en mí como una distracción? —preguntó él con la voz enronquecida.

Natalie no fue capaz de mirarlo a los ojos.

—Sabes que ha sido mucho más que eso.

—Pero te vas —dijo él.

—Tengo que irme, Casey. Sabes que tengo que limpiar mi reputación, y tú tienes un trabajo esperándote en Dallas.

Casey le sujetó los hombros con las manos, con un poco más de fuerza.

—Para mí ha sido mucho más que una distracción, Natalie. Muchísimo más.

Ella se humedeció los labios.

—Tú mismo dijiste que estabas pasando por un momento difícil —le recordó ella—. Te estabas replanteando tu profesión y tus objetivos, y acababas de romper con tu novia de toda la vida.

—No he estado contigo por despecho —masculló él con voz áspera—. Maldita sea.

—Ahora no es un buen momento para querer convertir esto en algo más de lo que ha sido —susurró ella.

Natalie estaba segura de que cuando Casey regresara a Dallas, a su vida de siempre con su familia y sus amigos, se alegraría de que ella no le hubiera presionado para continuar a su lado. Además, ella se conocía demasiado bien. Si lograba recuperar su trabajo, o encontraba trabajo en otro bufete, no tardaría mucho en volver a dedicar todo su tiempo al trabajo. Y eso no era forma de mantener una relación, mucho menos a distancia.

Aunque probablemente la verdadera razón para

huir de Casey era miedo, por mucho que detestara tener que reconocerlo. Últimamente las personas en las que más confiaba le habían hecho sufrir mucho, y no quería volver a pasar por ahí.

—Tengo que irme —dijo tratando de imprimir firmeza a su voz—. Te llamaré mañana, te lo prometo.

Él asintió sombríamente.

—Conduce con cuidado.

—Lo haré.

Casey bajó la cabeza y la besó intensamente. Natalie tuvo que apoyarse en el coche para no caer hasta que por fin él interrumpió el beso y se apartó.

—Para mí no has sido una distracción —repitió él una vez más entre dientes.

Mientras se alejaba, Natalie miró por el retrovisor. Casey seguía allí de pie, mirándola alejarse, con una mano en la cabeza del perro que seguía sentado inmóvil a su lado.

Por segunda vez desde que la despidieron del bufete, Natalie sintió las lágrimas rodar lentamente por sus mejillas.

Capítulo 14

PARA Casey, enero era el mes más cruel del año. Terminadas las fiestas navideñas, sólo quedaban restos de adornos y decoraciones, cielos cubiertos, lluvia, viento y alguna que otra tormenta. Los días eran más cortos, y normalmente ya había anochecido cuando salía de trabajar.

Hacía casi dos meses que había vuelto de Tennessee y se había entregado en cuerpo y alma a su trabajo, dedicándole prácticamente todo su tiempo. Incluso en el poco tiempo que había pasado desde su regreso, su actitud y su valía profesional había tranquilizado a sus superiores.

Aflojándose el nudo de la corbata de seda que llevaba, salió del ascensor del edificio de apartamentos donde vivía y suspiró pesadamente. Profesionalmente había sido un día perfecto: había cerrado un acuerdo muy favorable en un caso que se hubiera podido alargar durante meses. Debería estar celebrándolo, pero en lugar de eso se sentía... vacío.

La culpa era del mal tiempo, se dijo. O del síndrome post-vacacional, quizá, aunque tampoco se había esforzado demasiado en disfrutar de las navidades.

Se detuvo en seco cuando vio a alguien sentado en el suelo junto a su puerta.

—¿Aaron? ¿Qué haces aquí?

Aaron le enseñó el reloj que llevaba en la muñeca.

—¿La nueva película de superhéroes que acaban de estrenar? ¿A las siete? Habíamos quedado para verla juntos hoy.

—Oh, lo había olvidado. Lo siento, no…

—Olvídalo. Ponte un jersey y unos vaqueros y vamos a comer una hamburguesa antes de que empiece la peli.

—Vale, buena idea. Dame diez minutos.

Casey abrió la puerta y entró en el apartamento seguido de su primo.

—¿Qué tal el día? —preguntó Aaron contemplando el apartamento inmaculadamente decorado y totalmente impersonal de su primo.

Casey se quitó la corbata y la chaqueta.

—Bien. He cerrado un acuerdo muy ventajoso que podía haberse convertido en una pesadilla.

—Enhorabuena, estarás contento.

—Supongo —dijo desabrochándose la camisa y yendo en dirección a su dormitorio.

Su primo lo siguió.

—No pareces muy encantado. ¿Estás cansado?

—Sí, supongo.

En realidad tenía el alma cansada, y el corazón, pensó mientras sacaba un par de vaqueros y una sudadera del armario.

—Tío, me estás matando —dijo su primo apoyado en el marco de la puerta—. Me mata verte tan hecho polvo. Estás así desde que volviste de Tennessee, por mucho que te esfuerces en disimularlo.

Casey se puso la sudadera por la cabeza.

—Ya se me pasará.

—¿Qué sé te pasará?

—Tú eres el que ha empezado. ¿Tú qué crees?

—¿Quieres saber lo que creo? Creo que no querías volver de Gatlinburg —le espetó Aaron sin rodeos.

De espaldas a la puerta, Casey se cambió los pantalones del traje por los vaqueros.

—A nadie le apetece que terminen las vacaciones —dijo con fingida indiferencia.

—Es más que eso, Casey.

Volviéndose a mirar a su primo, Casey dejó escapar un largo suspiro y dejó caer los brazos a los costados.

—Echó de menos a Natalie —reconoció por primera vez en voz alta desde que se había separado de ella, hacía dos meses—. Hasta echó de menos al perro.

—¿Has probado a llamar? A Natalie, no al perro.

—No he vuelto hablar con ella desde que me llamó para decirme que había recuperado el trabajo en Nashville.

—¿Cómo sabes que ella no te echa de menos a ti también?

Casey se llevó una mano al mentón.

—Ella fue la que dijo que lo nuestro no podía funcionar. Si ha cambiado de opinión, sabe dónde encontrarme.

—¿Así que vas a pasar el resto de tu vida con el alma en los pies, y fingiendo que eres feliz?

—Por favor, Aaron, lo estoy intentando.

Aaron le sonrió comprensivo.

—Te estás esforzando demasiado, y no debería ser tan difícil.

—¿Y qué crees que debería hacer? —le desafió Casey, esperando una respuesta que le ayudara a salir de aquel pozo.

—Creo que deberías decidir de una vez por todas qué es lo que quieres y qué es lo qué te hace feliz, y hacerlo.

—Cuando lo dices así parece muy fácil.

—No he dicho que fuera fácil. Qué narices, yo todavía no sé qué hacer el resto de mi vida. Sólo sé que tiene que ser algo que me haga levantarme con ganas por las mañanas. Algo de lo que pueda estar orgulloso, algo que refleje lo que soy y que me haga feliz.

Aaron siempre había sido el más filosófico de los primos, el más dado a expresar sus pensamientos y emociones, el más curioso y el más abierto a experimentar y cambiar. Lo que probablemente explicaba por qué ya había probado media docena de trabajos en su breve vida laboral, pensó Casey. Pero Aaron siempre parecía saber lo que quería, aunque todavía no lo hubiera encontrado. Casey se dio cuenta de que debía intentar emular a su primo. Tenía que averiguar de una vez por todas qué era lo que quería, y después ir a buscarlo, sin tener en cuenta el riesgo al fracaso o a la decepción.

¿Pero tenía la valentía de alejarse una vez más de su vida de siempre? ¿Esta vez de forma definitiva?

Todavía había restos de nieve a ambos lados de la serpenteante y estrecha carretera cuando Natalie condujo montaña arriba hacia el bungalow. Tenía suerte de que el sol hubiera derretido buena parte del manto blanco y helado que cubría las carreteras de la región, aunque le habían advertido del riesgo de hielo en las zonas de sombra.

También había tenido la suerte de que el bungalow, su bungalow como gustaba recordarlo, estuviera libre. Sus tíos se alegraron infinitamente cuando ella les dijo que deseaba pasar un par de noches allí para celebrar su treinta cumpleaños.

Se sentía un poco culpable por querer celebrarlo sola. Su madre la había invitado a pasarlo en Mississippi con ella y su segundo marido, pero ella ya había pasado las navidades con ellos y, aunque fueron unos días agradables, no tenía demasiadas ganas de volver.

En lugar de eso, iba a pasar su cumpleaños torturándose con dolorosos recuerdos, como había hecho durante las últimas semanas. En el último mes se había pasado largos ratos mirando las fotografías de Casey de la excursión a las cascadas, echándolo de menos, preguntándose si él también la echaría de menos a ella.

También durante el último mes había decidido que era el momento de cambiar radicalmente de vida. Necesitaba una tarde de descanso, un tranquilo paseo por el bosque, y un relajante baño en ese jacuzzi para prepararse para el futuro que se abría ante sí.

Bajó del coche y cerró la puerta, pensando que ya bajaría el equipaje más tarde. Apenas había dado un par de pasos hacia el bungalow cuando los ladridos de un perro la detuvieron en seco.

¿No era…?

Natalie rodeó el bungalow y miró hacia el arroyo que tan bien conocía. Y cuando vio al perro marrón y blanco saltando hacia ella, moviendo rabiosamente la cola y dándole la bienvenida se le subió el corazón a la garganta.

—¿Colega?

Apoyándose sobre las patas traseras, el perro intentó lamerle la cara. Riendo, Natalie se agachó para abrazarlo, sin pensar en cómo le estaba poniendo los vaqueros y la cazadora.

—¿Qué haces aquí? —le preguntó—. Espero que no te hayas vuelto a escapar.

—Está conmigo.

Natalie levantó lentamente la cabeza, con el corazón latiéndole desbocadamente en el pecho. Apoyándose en el perro se incorporó y miró al hombre que la sonreía a tan sólo un par de metros.

—Casey.

—Hola, Natalie.

—No puedo creer que estés aquí. No te esperaba.

—Lo sé. Espero que sea una buena sorpresa.

—Pero, ¿cómo lo supiste?

Casey soltó una breve risa.

—¿En serio tienes que preguntarlo? Me lo dijo Molly. Ella me dijo que ibas a estar aquí.

—Oh. Sí, claro. Pero, ¿por qué…?

Casey dio un paso hacia ella, mirándola a los ojos, con infinita ternura.

—Cómo te he echado de menos —dijo con la voz enronquecida—. Pensaba ir a verte la semana que viene a Nashville, pero cuando Molly dijo que ibas a venir aquí, supe que éste era el lugar donde encontrarte otra vez.

—¿Ibas a ir a Nashville?

Natalie apenas podía pensar con claridad, seguramente por tenerlo tan cerca otra vez. Tanto que sólo tenía que dar un par de pasos para estar en sus brazos. Casi temblando por el deseo de dar esos pasos, preguntó:

—¿Por qué?

—Porque te he echado tanto de menos que me está destrozando. Tenía que saber si había alguna posibilidad de hacerte cambiar de idea sobre darnos una oportunidad. La última vez que estuvimos juntos pensabas que yo estaba en una posición muy vulnerable, quizá que estuve contigo por despecho, sin saber si era lo que de verdad quería. Y entonces me planteé que quizá tenías razón. Quizá por eso me fui sin intentar hacerte cambiar de idea, porque tenía que estar completamente seguro de lo que quería.

Casey sacudió la cabeza con firmeza.

—Han pasado casi dos meses, Natalie, y mis sentimientos no han cambiado. Sigo queriendo estar contigo. Estoy dispuesto a hacer lo que sea necesario para convencerte de que tú y yo estamos hechos el uno para el otro, incluso si eso significa irme a vivir a Nashville y buscar trabajo allí mientras tú tomas una decisión.

—Eso no... no te serviría de mucho —dijo ella con voz temblorosa.

Los ojos masculinos se ensombrecieron, y Casey pareció prepararse para el rechazo.

—¿Me estás diciendo que lo nuestro es imposible?

Natalie tragó saliva,

—No, te estoy diciendo que ya no vivo en Nashville, o que no viviré cuando se termine el alquiler del apartamento a finales de este mes. Ya he entregado la baja en el bufete.

—¿Lo has dejado? —preguntó él con el ceño fruncido.

Ella asintió.

—Sí, lo he dejado.

Un brillo de lo que podía ser esperanza iluminó los ojos masculinos una vez más y Casey dio otro paso hacia ella.

—¿Por qué?

—Porque quería algo más de la vida que matarme a trabajar para una gente que estaba dispuesta a creer lo peor de mí. Gente que lo único que les preocupa de mí es el dinero que puedo hacerles ganar, que sólo me aceptaron por temor a los problemas que podía causarles —dijo ella—. Quiero tener una buena carrera profesional como abogada, pero no quiero que sea lo único importante de mi vida. Quiero más.

—Qué curioso —dijo él con la voz ronca—. Últimamente yo he estado pensando lo mismo. Estoy cansado de ser un peón más, quiero seguir mi propio camino.

—Y ese camino —preguntó ella en un susurro—, ¿es lo suficiente ancho para los dos?

Casey cerró los ojos un momento y cuando los volvió a abrir la abrazó con todas sus fuerzas.

—Ya lo creo que sí.

Se besaron durante un largo rato, y Natalie se sintió más feliz de lo que se había sentido nunca.

—Iba a ir a verte —confesó ella cuando se separaron por fin—. No sabía si llamarte antes o presentarme en Dallas sin avisar, pero al final me decidí por lo segundo. Quería ver la expresión de tu cara cuando te preguntara si todavía sentías lo mismo que yo.

—¿Ibas a venir a Dallas? —repitió él sin poder creerlo.

—Ya tenía el billete reservado.

Echándose a reír, Casey la abrazó con fuerza.

—Estupendo, así lo puedes usar para conocer a mi familia.

A Natalie la idea de conocer a todas las personas de las que le había hablado la ponía un poco nerviosa, pero asintió.

—Será un placer.

Casey volvió a cubrir la boca con la suya. Colega saltaba a su alrededor, encantado de que estuvieran de vuelta.

Por fin, cuando se separaron para respirar, Natalie sonrió al perro.

—Parece muy contento de vernos.

—Y lo está. Kyle dice que se ha adaptado perfectamente a vivir con ellos, pero cuando me vio se puso como un loco. Era como si me preguntara por qué había tardado tanto en volver a buscarlo. Y parece pensar lo mismo de ti, a juzgar por lo contento que se ha puesto.

—Yo también me alegro de verle —dijo Natalie rascándole las orejas—. Te he echado de menos, Colega.

—Oye, Nat —dijo él.

Ella le sonrió.

—¿Sí?

—Hace frío. ¿Entramos?

—Vale —Natalie le acarició la mejilla con el dedo—. Deberíamos volver a probar el jacuzzi. Para ver si sigue funcionando.

—Siempre me gusta tu forma de pensar —murmuró él tomándola de la mano y besándole el dorso. Juntos caminaron hacia el bungalow—. Vamos, Colega.

Natalie apoyó la barbilla sobre el pecho desnudo de Casey, que todavía jadeaba tendido en la cama y lo miró.

—Oye —preguntó ella—, ¿dónde vamos a colgar el sombrero? ¿En Texas o en Tennessee? ¿O a la mitad?

Casey abrió los ojos y se echó a reír.

—¿Quieres hablar de trabajo ahora?

Natalie sonrió.

—Se me ha ocurrido mientras, ejem, recuperamos fuerzas.

Acariciándole el pelo con una mano, Casey se apoyó más cómodamente en la almohada.

—A mí en realidad me da igual, siempre y cuando estemos juntos. Sea como sea, uno de los dos va a tener que sacarse la licencia para ejercer en otro Estado.

—Eso es verdad.

Tras un momento, Casey dijo:

—Sabes, estos últimos días, desde que llegué a la conclusión de que quería un cambio radical en mi vida y quería iniciar una nueva vida contigo, también he estado pensando en esto.

Natalie sonrió.

—Ya sabes que estoy muy unido a mi familia, y que nunca he vivido muy lejos de mis padres y mis primos —continuó él.

—Entonces Texas —dijo ella encogiéndose de hombros, dándose cuenta de que en realidad le daba igual siempre y cuando estuviera con él.

—No, no quería decir eso. Creo que ya es hora de que me independice un poco de mi familia —continuó él—. Siempre estaré muy unido a ellos, y quiero visitarlos con frecuencia, pero creo que debería seguir el ejemplo de Molly. Creo que me haría bien.

—¿Y dónde? —insistió ella con una sonrisa en los labios.

—Yo podría ser feliz aquí —reconoció él—. Este lugar me encanta. Quizá podríamos montar un pequeño bufete por esta zona.

—A mí también me encanta. Siempre me ha encantado. Y los dos tenemos familia aquí, así que tampoco estaremos totalmente separados de ellos.

—Sí, eso está bien. Al menos aquí no estaremos en medio de todo el clan Walker. Tendremos sitio para respirar, y libertad para establecer nuestras propias rutinas y nuestros límites.

—Me gusta cómo suena eso.

—Y a mí también. Claro que será un nuevo desafío —dijo él—. Abrir un bufete siempre es caro y arriesgado, y tardaremos un tiempo en ver beneficios.

—A mí siempre me han gustado los retos.

Casey soltó una risita.

—Y a mí también. Quizá por eso me sentía tan atraído por ti.

—Hmm, ¿y cómo lo llamaremos? ¿Lofton y Walker? ¿O Walker y Lofton?

—¿O sea, que vas a mantener tu apellido de soltera? ¿Cuando nos cansemos me refiero? —dijo él—. A mí no me importa, si es lo que quieres. Sólo...

—Un momento —Natalie levantó la cabeza y lo miró—. ¿Vamos a casarnos?

—Tarde o temprano —dijo él con una sonrisa—. Por mi parte, yo preferiría temprano, pero dejó la decisión en tus manos. Contigo quiero mucho más que una relación profesional, Natalie. Lo quiero todo. Te quiero.

—Oh.

A Natalie su mente le hizo una lista de todas las razones por las que todavía no deberían hablar de eso. Era demasiado pronto. Todavía no se conocían lo suficiente. Sería mejor que trabajaran juntos para conocerse mejor, e incluso que vivieran juntos para estar seguros.

Pero lo cierto era que sólo una cosa importaba.

—Yo también te quiero.

Casey la alzó hacia él para sellar sus palabras y su compromiso con un largo y apasionado beso.

Natalie decidió que ya pensaría los detalles más tarde. La nueva Natalie ya no se dejaba dominar por las dudas, la incertidumbre, los miedos y lo que pensaran los demás.

Y lo que quería era la vida que Casey y ella acababan de imaginar juntos.

Afuera en el salón, sobre la alfombra delante de la chimenea, Colega suspiró satisfecho y se acomodó para otra larga noche invernal.

Julia

Decían que él tenía un físico impresionante... y, efectivamente, cuando Nicolette Saddler cruzó por primera vez su mirada con la del doctor Ridge Garroway sintió que algo le causaba una profunda impresión. Sin embargo, ya estaba cansada de los hombres guapos y aduladores y no le interesaba otro, en especial un atractivo médico que tenía tantos secretos como ella. No obstante, Ridge parecía deshacer el hielo que la congelaba por dentro. ¿Podría ser él un hombre al que mereciera la pena atrapar?

Herida por el amor

Stella Bagwell

Aquel maravilloso médico estaba totalmente a su servicio...

Jazmín™

De la conveniencia al amor

Jessica Steele

Llegarían a ser un verdadero matrimonio

Nathan Mallory no había visto a Phelix Bradbury desde el día de su boda de conveniencia. Cuando, ocho años después, se encontró con ella en una conferencia internacional de negocios, lo intrigó ver que Phelix seguía luciendo la alianza.

Phelix, una abogada de éxito que disfrutaba de la independencia que siempre había deseado, ya no era la adolescente tímida y apocada que Nathan había conocido, sino una mujer elegante y segura de sí misma. Y al magnate inglés no le pasó desapercibida aquella inesperada e increíble transformación.

Deseo™

El fuego de la pasión
Brenda Jackson

Olivia Jeffries estaba deseando darle algo de emoción a su vida, y la oportunidad se le presentó cuando conoció a un apuesto desconocido en un baile de máscaras. La atracción fue instantánea y, la química entre ellos, muy intensa. Pero unos días más tarde descubrió que su nuevo amante no era otro que Reginald Westmoreland, el rival más odiado de su padre. Intentó resistirse a él, pero Reggie fue insistente. No dejaría que nada, ni siquiera el chantaje, impidiese que Olivia volviese a su cama. ¡Aquello sí que era dormir con el enemigo!

¡En la cama con un Westmoreland!

Bianca™

**Está embarazada de un jeque pero...
¿se convertirá en su esposa?**

Tariq, príncipe de Dubaac, tiene la obligación de engendrar un heredero, y necesita una esposa que le obedezca... día y noche.

Por un extraordinario giro del destino, Madison Whitney se queda embarazada de Tariq, pero Madison tiene una carrera brillante, y no es precisamente una mujer sumisa, por lo que Tariq tendrá que conseguirla utilizando la seducción e incluso el secuestro...

La novia rebelde del jeque

Sandra Marton